평화는 머리가 아니라 참사랑에서 온다

평화의 어머니
참어머니

저자 **박 정 진**

새로운 세상의 숲
신세림출판사

평화의 어머니
참어머니

저자 **박정진**

|목차|

1

후천개벽(後天開闢)
서시(序詩)

2

성화식(聖和式)과
기원절(基元節)

3

평화의 어머니, 참어머니

4

하늘부모, 천지부모, 천지인참부모

오늘날 우리가 사는 시대를 '지구촌사회'라고 합니다. 지구가 좁아져 한 마을과 같은 지구마을시대가 도래했다는 뜻입니다. 과학과 통신기술의 발달로 전 지구가 네트워크를 이루어 그야말로 한 가정과 같은 분위기를 느낄 수 있는 시대입니다. 이렇듯 세계가 한 가족같이 연결될 수 있는 환경 속에서 우리는 어떠한 생각과 의식을 가지고 살아가야 하겠습니까?

그동안 인류는 가부장-국가사회를 이루어오면서 남성중심의 '권력과 전쟁'의 역사를 써왔습니다. 특히 서구문명은 인류가 개발한 가부장-국가사회의 전형적인 형태로서 대서양문명권을 팽창시켜왔지만 이제 아시아태평양문명권 시대 도래와 함께 해체의 주기를 맞고 있습니다. 오늘날 우리가 겪고 있는 기후변화, 인종·종교 간의 갈등과 테러리즘 그리고 경제적 양극화 등에 대해 깊이 숙고해 보면 알 수 있듯이, 이러한 문제들에는 남성중심, 권력중심의 어떤 폭력이 묻어 있습니다. 인간이 자연에게, 남성이 여성에게, 강한 자가 약한 자에게 폭력을 행사해 자신의 이익을 극대화하려는 소유욕이 보입니다. 그렇다면 이러한 지구촌 도전과제들을 해결할 수 있는 열쇠는 무엇일까요?

78억 인류가 진정 공생(共生), 공영(共榮), 공의(共義)의 세계를 이루어 평화롭게 살 수 있는 실천적 이념은 무엇일까요? 진정한 '함께'(共)를 가능하게 하는 경제적, 정치적, 윤리적 가능근거는 무엇일까요?

이 같은 지구촌평화를 위한 근본물음에 대해 우리는 다양한 철학적 혹은 정책적 대안을 이야기할 수 있을 것입니다. 그러나 저는 오늘 우리시대를 위한 근원적 치유책은 바로 '사랑과 평화'를 지향하는 '어머니의 마음'이라고 생각합니다. 〈평화의 어머니, 참어머니〉 시집을 접하면서 저는 그러한 생각을 더욱 굳히게 되었습니다. 그렇습니다. 어머니는 자식이 말하기 전에 이미 가슴으로 소리를 듣습니다. 자식이 무엇을 원하는지, 배가 고픈지, 몸이 아픈지, 아니면 다른 문제가 있는지를 몸으로 느낍니다. 바로 세상의 소리를 들을 줄 아는 태도가 바로 어머니의 마음입니다.

오늘날, 남북통일을 이루고, 세계평화를 이루겠다는 지도자들이 새겨들어야 할 자세가 바로 어머니의 자세라고 생각합니다. 인간과 자연, 남성과 여성, 남과 북 그리고 강대국과 약소국의 진정한 공(共)의 근거는 바로 '어머니의 마음'입니다.

〈평화의 어머니, 참어머니〉 시집은 바로 그러한 어머니의 정신과 태도로 일생을 헌신해 오신 한학자 총재님의 삶과 가르침에 문학적 향기를 입힌 작품입니다. 이 시집의 탄생은 실로 하늘이 섭리요, 천재일우의 기회라고 생각합니다.

시인이자 철학인류학자인 저자는 학문적 훈련뿐만 아니라 일찍이 언론인으로서 탁월한 현실감각을 키워왔습니다. 그래서 이론과 실천, 남성과 여성, 남과 북 등 양 극단의 논리와 입장을 끌어안을 수 있는 통합적 상상력을 지향해 왔습니다.

우리는 이 시집을 통해, 지구마을시대, '하늘부모님 아래 인류 한 가족' 구성원으로서의 의식과 자세 등을 배울 수 있습니다. 더불어 가정연합의 창립 의의와 기원절의 섭리적 의미 등에 대해서도 많은 깨달음을 얻을 수 있습니다. 그리고 무엇보다도 일평생 '평화의 어머니'로서의 삶을 살아오신 한학자 총재님의 마음을 읽을 수 있는 기회를 접할 수 있습니다.

흔히 "문학은 시대의 아픔과 기쁨을 노래하는 것"이라고 합니다. 우리는 〈평화의 어머니, 참어머니〉 시집을 통해 우리시대의 아픔을 노래하는 것을 넘어 그 아픔을 치유할 수 있는 근원적 힘인 어머니의 마음, 하늘부모님에 대한 효정(孝情)의 마음을 읽어낼 수 있을 것입니다.

여성성을 중심으로 하는 인류문명의 대전환시기에 〈평화의 어머니, 참어머니〉 시집은 여성시대, 해양시대, 평화시대를 가리키는 이정표의 역할을 할 것이라고 확신합니다.

특히 시인으로서 박학다식·문무겸전의 박정진 문화인류학 박사는 지난 2012년 9월 문선명 총재님께서 성화하셨을 때에 성화기간 내내 성화사(세계일보 양면 펼친 지면)를 대서특필한 것을 기억에서 빼놓을 수 없습니다. 당시 저는 세계일보에 같이 근무했던 옛 동료로서 감사한 마음을 주체할 길이 없었습니다.

그는 당시 문총재님의 생애노정의 기독교사적 의미, 인류문명사의 의미 등을 썼습니다. 다음해 2013년 2월 기원절 때에도 후천개벽시대, 여성시대의 의미, 기원절이 내포하고 있는 의미를 인류·미래학자의 입장에서 설명해주기도 했습니다. 그의 존재는 통일교-가정연합으로 볼 때 실로 선물과 같은 귀한 존재요, 사부로서 모셔도 좋은 인물입니다. 그가 남긴 글과 시들은 후일 통일교-가정연합을 더욱 더 풍성한 증거로 남게 할 것임을 확신합니다. 그를 생애에서 만난 것을 기쁘게 생각합니다. 이것이 모두 신의 섭리가 아니겠습니까.

그가 저술한 가정연합과 관련되는 저서를 살펴보면

"메시아는 더 이상 오지 않는다"(2016, 행복한에너지)

"평화는 동방으로부터"(2016, 행복한에너지)

"평화의 여정으로 본 한국문화"(2016, 행복한에너지)

"여성과 평화"(2017, 행복에너지),

"위대한 어머니는 이렇게 말했다"(2017, 살림)

"거문도" 시집(2017, 신세림)

"심정평화, 효정평화"(2018, 행복에너지)

"신(神)통일한국론과 하나님주의(Godism)(2021, 신세림)

"한글로 철학하기"(2023, 신세림)

"평화의 어머니, 참어머니"(2024, 신세림) 등 10권에 달합니다.

　그는 현재 철학과 문학, 예술과 문화, 신학과 종교학에도 깊은 조예는 가진 미래학자로서도 세계적인 명성을 구가하고 있습니다. 그가 그동안 쓴 책이 100여권을 넘었고, 그가 읊은 시가 1000여 편을 넘고 있는 것만 보아도 그의 사람됨을 짐작할 수 있습니다.

　울릉도 독도박물관에 '독도' 시비를 비롯하여 서울 강남구 대모산에 '대모산' 시탑, 경기도 연천군 '종자와 시인' 박물관 시공원에 '타향에서' 시비 등 세 곳에 시비가 건립되어있습니다.

2024년 1월 1일 설날에

전 통일재단 이사장 **최윤기**

지금 세계는 제4차 산업혁명시대를 맞이하여 인류가 한 번도 경험하지 못한 세계로 진입하고 있습니다. 빅 데이터, 인공지능, 로봇공학, 사물인터넷. 정보통신의 융합으로 인류의 문명은 요동치고 있습니다. 한마디로 후천개벽의 시대가 열리고 있는 것입니다. 후천개벽시대는 물질문명과 정신문명이 고도화되어 서로 화합과 조화를 이루는 세계가되어야 할 것입니다.

특히 인간의 정신세계를 고도화시켜 줄 새로운 사상과 이념이 나와야 하고 세계를 하나로 묶어줄 심정문화세계가 펼쳐져야 합니다. 늘 시대마다 하늘은 선각자들을 보내서 때를 알려 주셨고 인류가 나아갈 방향을 제시해 주셨습니다.

문선명·한학자 총재님 양위분은 아시아태평양문명권 시대의 도래를 알렸고 인류가 한 가족이 되어 살아갈 심정문화세계의 비전을 제시하시며 인류가 처한 난문제들을 해결할 솔루션을 제시해 오셨습니다.

이에 후천개벽(後天開闢)시대의 시대적 의미를 깊이 연구해 오신 박정진 박사님은 문화인류학자이시며 언론인 그리고 시인으로서의 깊은 통찰력을 가지시고 총재님 양위분의 섭리적 경륜을 입체적으로 조명하시며 대중들과 소통해 오신 귀한 분이십니다.

박정진 박사님은 지금까지 집필을 통해 100여권이 넘는 도서를 출간하여 독자들에게 길라잡이 역할을 감당해 오셨습니다. 최근에 집필한 「메시아는 더 이상 오지 않는다」, 「신통일한국론과 하나님주의」, 「재미있는 한글철학」은 한민족 가운데 흐르고 있는 철학과 문선명·한학자 총재님의 핵심사상을 집대성하여 독자들이 이해할 수 있도록 인문학적 관점으로 정리하여 세상 앞에 내 놓은 명작들입니다.

최근 시간을 내어 위에 열거한 도서들을 정독하면서 많은 감동과 영감을 받게 되었습니다. 보다 객관적이고 입체적인 통찰력으로 많은 독자들과 소통하고 싶어 하시는 저자의 심정을 깊이 느껴지는 시간이었습니다.

2024년 새해가 밝았습니다. 갑진년 새해는 가정연합 창립 70주년을 맞이합니다. 이에 70주년의 의미를 담아 '후천개벽 서시(序詩)'와 '성화식(聖和式)과 기원절(基元節)'의 의미를 노래한 시를 함께 묶어 『평화의 어머니, 참어머니』 서사서정 시집을 펴내게 되셨습니다. 문선명·한학자 총재님의 섭리적 경륜과 핵심사상을 담고 깊은 영성의 사색을 통해 영감으로 써내려간 시집입니다.

저자는 머리글에서 글을 쓰는 내내 성령(聖靈)의 불길을 느꼈다고 하시니 얼마나 많은 사색과 정성을 다하여 집필을 하셨는지 짐작이 되고도 남습니다. 많은 분들에게 사랑받는 작품이 될 것입니다.

앞으로도 귀한 작품 활동을 기대합니다. 비전을 상실한 이 세대 앞에 길라잡이 역할을 부탁드립니다. 현세대는 재미거리만을 찾고 깊은 사색을 싫어합니다. 신통일한국을 향한 대정정이 펼쳐지고 있는 이때 지식인들의 역할이 너무도 중요함을 느끼게 됩니다.

　박정진 박사님의 주옥같은 작품들이 어두운 세상을 밝히는 빛이 되고 등대가 되시길 바랍니다. 언제 건강하시고 하시는 일들마다 하늘의 축복이 함께 하시길 기원합니다.

천일국 평화대사관 관장 **황보국**

┃서 문┃

　인류문명은 바야흐로 스스로 평화를 이루는 문명체계를 만들어내지 못하면 공멸할 위기에 직면하게 되었다. 이러한 때에 평화를 지향하는 메시아로서 문선명·한학자 총재님의 탄생과 생애노정은 참으로 인류에게 구원의 복음이요, 행운이라고 하지 않을 수 없다.

　문선명 총재님이 천기 3년 천력 7월 17일, 양력 2012년 9월 3일 새벽 1시 54분, 천정궁(天正宮)에서 성화(聖和)하셨다. 지난 2012년 9월 문선명 총재님의 성화식 내내 세계일보에 생애노정의 의미, '문선명 총재의 세계사적 의미'와 '문선명 총재의 한국사적 의미' '문선명 총재의 기독교사적 의미' '문선명 총재의 전통종교적 의미'등을 대서특필했다.

　세월이 흘러 지난 2020년 2월 한학자 총재님의 『평화의 어머니』 자서전이 출판되었다. 『평화의 어머니』 자서전 출판을 계기로 양위분의 생애노정을 우선 간략하게나마 서사시로 노래하는 것이 우리시대에 어떤 문학적 결실보다 크다는 것을 어느 날 문득 깨닫게 되었다.

　이에 더하여 후천개벽(後天開闢)시대의 시대적 의미를 평소에 익히 알고 있었던 문화인류학자 및 시인으로서 인류미래의 삶의 지표를 노래한 '후천개벽 서시(序詩)'와 '성화식(聖和式)과 기원절(基元節)'의 의미를 노래한 시를 함께 묶어 『평화의 어머니, 참어머니』 서사서정시집을 펴내게 되었다.

　『평화의 어머니, 참어머니』 서사서정시집이야말로 천지인이 하나로 혼천일기(渾天一氣)하는 가운데 이루어진 것이라고 말하지 않을 수 없다. 특히 '평화의 어머니'는 바야흐로 하늘과 땅과 사람이 하나가 되어 성약의 시대, 평화의 시대, 후천개벽의 상생(相生)시대로 들어가는 것을 노래하고 있었으니 이보다 뜻깊은 것이 나에겐 없었다.

글을 쓰는 내내 성령(聖靈)의 불길을 느꼈다. 때로는 인류의 미래를 염려하는 마음으로, 때로는 천국의 황홀경에 빠지면서 문선명·한학자 총재님의 생애를 노래하고, 흠향하였다. 양위분과 동시대에 살고 있음은 내 생애 어떤 하늘의 은총보다 큰 것이었다.

양위분의 말씀, 살아있는 목소리가 사라지지 않도록 하기 위해 애를 쓰고 잠을 설친 기억이 새롭다. 살아있는 말씀의 뜻을 담기 위해 고심한 적이 한두 번이 아니었다. 아마도 날마다 영혼의 샘에서 솟는 말의 용솟음과 물결과 리듬이 없었으면 이 일을 하지 못하였을 것이다.

양위분, 참부모님의 생애노정을 서사시로 요약하고 노래한다는 것은 한 인간으로서, 한 시인으로서 참으로 보람되고 벅찬 일이기도 하지만 동시에 초조와 긴장과 불면의 연속이었다. 생각해보라. 어떻게 한 인간이 우리 시대의 메시아, 구세주, 재림주, 참부모님의 사랑과 심정과 사상을 제대로 대중들이 알기 쉬운 말로 녹여내고, 노래할 수 있다는 말인가. 혹시나 잘못 전달될까, 혹시나 뜻을 거스르는 일은 아닌지! 노심초사하는 나날이었다.

왜 이런 일이 나에게 떨어졌을까. 이런 것을 천명(天命)이라고 하는 것인가? 아무리 위대한 시인이 있으면 무얼 하나! 위대한 인물이, 위대한 메시아가 탄생하지 않았으면 단 한 줄의 시도 쓸 기회가 없었을 것을! 실로 이 위대한 시대에, 이 위대한 영혼의 시대에, 이 위대한 성령폭발의 시대에 살고 있다는 것 자체가 이미 복 중의 복이다. 참으로 천우신조(天佑神助)가 아니었으면 불가능하였을 것이다. 이 시집에는 모두 150편의 시가 실려 있다.

기독교 성경에도 시편(詩篇)이 있다. 시편은 복음에 못지않게 신자들과 독자들에게 두고두고 읽히는 것이다. 아무쪼록 이번 서사시가 미래에 통일교의 경전을 완성하는 시편의 일부가 된다면 더욱 보람된 일이라고 하지 않을 수 없다.

이 시집에서 양위분에 대한 호칭이나 명칭은 총재님, 아버님, 어머님, 참아버님, 참어머님, 참부모님, 아버지, 어머니. 파더 문, 마더 문 그리고 선생님 등 서사시의 내용과 문맥에 따라 자연스럽게 여럿이 될 수밖에 없었다.

필자는 앞으로 『심정으로 오신 하나님- I live, I believe』, 『지상천국, 천상천국』 등의 서사시를 기획하고 있지만, 이런 일들은 실로 하늘이 도와주지 않으면 실현될 수 없는 일들이다. 지금 우리는 세계사의 한복판에 있다.

2023년 12월 25일 크리스마스에
심중(心中) 박 정진 시인

1

후천개벽(後天開闢)
서시(序詩)

🌙 태초에 하늘이 열렸다

태초에 하늘이 열렸다.
개천(開天)이여!
이제 다시 하늘이 열림은
개벽(開闢), 후천개벽
인간의 완전한 구원을 위한 하나님
언제나 심정으로 함께 하는 하나님
정오(正午)의 하나님
그림자 없는 하늘에서
태양의 하나님이 이 땅에 오심을
지축(地軸)을 흔들어 알리는구나.

하늘에 해가 있으면 달이 있고
땅에 수컷이 있으면 암컷이 있듯
완전한 하늘과 땅의 결합을 알리는
합궁(合宮)의 천둥소리
음양의 법, 암수의 법은
지상의 미물에서부터
천상의 하나님에 이르기까지
보이지 않는 세계에서부터
보이는 세계까지 미치지 않는 곳이 없네.

하늘은 창공에 말씀의 무늬(文)¹⁾를 새기고

이어 문(moon)과 선(sun)의 이름을 주었나니.

그 이름 하늘과 땅의 해와 달

말씀의 '문'(文)과 달의 '문'(moon)이 겹침은

동양의 소리와 서양의 소리를

하나로 합치기 위함인 것을

이제 동양의 모든 신령과

서양의 모든 신령이 하나가 되니

신령세계가 하나로 통하도다.

신령이 통해야 사람이 통하고

사람이 통해야 만물이 통하나니.

위대하다! 한글!

훈민정음(訓民正音)의 소리여!

훈민정음의 나라에

하늘의 우주원음(宇宙原音)이 울렸나니.

한글은 원음(原音), 원문자(原文字)

율려(律呂)의 소리여, 원문자여!

백성의 소리를 듣고자, 백성의 심정을 듣고자

소리글자를 만든 나라에서

---

1) 문(文)의 고자는 문(紋)이다. 그 옛날 인류는 하늘의 북두칠성의 움직임에서 원문자의 모양을 발견하고 그것을 문자로 만들었다고 한다. 그래서 문(紋)은 하늘의 무늬이고, 하늘의 글자이다. 그리스 신 제우스(Zeus), 이스라엘 구세주 지저스(Jesus Christ)가 있듯 한자문화권에 문(文)이 있는 것이다.

재림주, 메시아가 탄생했네.
원초적 소리의 나라에서
메시아가 태어남은
우주적 소리의 완성을 위한 섭리

소리와 문자의 교차여!
말씀과 성경의 교차여!
이제부터 말씀이 문자로 바뀌었네.
말씀이 원리로 바뀌었네.
말씀이 문자가 되고, 원리가 되니
새 시대의 시작을 알리누나.
그 원리의 문자 영원하리.
원리원본이여! 영원하리!
원리강론이여! 영원하리!

"태초에 문자(文字)가 있었다."
문자는 문씨(文氏) 씨족에서
새 하나님이 탄생함을 상징하네.
새 하나님이 탄생한 곳은
한(韓)의 나라, 한국(韓國)
문(文)은 하늘, 한(韓)은 땅
하늘은 '한의 땅'에서 자리를 잡네.
땅은 하늘의 그릇

하늘은 그 그릇에서 부화하네.

문(文)과 한(韓)이
천지부부(天地夫婦)가 되는 나라
문(文)과 한(韓)이
천지부모(天地父母)가 되는 나라
천지인 참부모님!
하나님이 한(韓)을 신부로 삼아
한(恨)을 풀었네.
신부여! 하나님의 한을 풀었으니
이보다 복된 이는 없도다.

한글이여!, 한국이여!, 코리아여!

한글이여!, 한국이여!, 코리아여!
하늘은 후천 세계에 중심국임을 선언하노라.
그 이름 레버런(Reverened) 문(Moon)[1]
파더 문(Father Moon)
마더 문(Mother Moon)

달(moon)은 어둠을 밝히고
어둠 속에서도 만물을 비추네.
달빛은 눈부시지 않으면서도
만물을 하나하나 비추네.
만물의 심정(心情)을 읽게 하네.

태양과 빛의 나라들은 이제
달과 어둠속의 빛의 나라를 사모하네.
어둠속의 빛은
일찍이 아시아의 황금시대를 구가하였던
코리아에 다시 그 등불이 켜짐을 예언한
인도의 시성(詩聖) 타골의 노래를 떠올리게 하네.

---

1) 영미권에서는 문선명 총재님을 레버런 문(Reverened Moon), 파더 문(Father Moon)이라고
부른다. 또 한학자 총재님을 마더 문(Mother Moon)이라고 부른다.

"그 등불 다시 켜지는 날에

너는 동방의 밝은 빛이 되리라."[2]

 문(文)은 선명(鮮明)하도다.

하늘이 문(文)씨 혈통을 따라 메시아를 내니

새 하나님의 말씀이

하늘과 땅 사이에 가득하네.

그 소리는 빛처럼 퍼져 만방을 비추네.

빛은 본래 소리

소리는 본래 빛

그 빛은 세계를 비추고도 남음이 있네.

서양 알파벳으로 보면 문(moon)은 달

서양이 해(sun)라면 동양은 달(moon)

문(文)은 다시 조선(朝鮮)의 선(鮮)자를 썼으니

동양의 한국에 태어날 성인을 미리 예언하였도다.

해(sun)와 달(moon)이 함께 비추니 밝도다(明).

---

2) 이 시 구절은 인도의 사상가이자 시인 겸 극작가인 라빈드라나드 타고르(Rabindranath Tagore : 1861~1941)가 1929년에 발표한 '동방의 등불(東方─燈─)'의 한 구절이다. 1929년 4월 2일자《동아일보》에 발표됐다. 영어(英語)로 된 시를 주요한(朱耀翰)의 번역으로 실렸다. 1929년 인도의 시성(詩聖) 라빈드라나드 타고르가 일본을 방문했을 때 동아일보 기자로부터 한국 방문을 요청받았으나 응하지 못하는 미안한 마음을 대신하여 기고한 작품이다. 이 시는 타고르가 한국을 소재로 쓴 두 편의 시 가운데 하나로, 일제 식민치하에 있던 한국인들이 희망을 잃지 말고 꿋꿋하게 싸워 독립을 이루기를 바라는 마음에서 보낸 격려의 송시(頌詩)이다. 시의 전문은 다음과 같다. "일찍이 아시아의 황금시기에/빛나던 등불의 하나인 코리아/그 등불 다시 한 번 켜지는 날에/너는 동방의 밝은 빛이 되리라."

문(文)은 선명(鮮明)하도다.

파더 문(Father Moon)

마더 문(Mother Moon)

허공으로부터 말씀이 내려와

지상에 알알이 박히고

점점이 새겨져

원리원본(原理原本)3)

 원리강론(原理講論)4)

'천성경'(天聖經)5)이 되었나니

하늘이 주신 성경 중의 성경

하늘과 땅이 하나 된 성경

천지인 참부모님의 성경

---

3) 원리원본은 문선명 총재님이 부산 범냇골 시절, 처음으로 직접 정리한 통일교의 원리경전.
   1952년 5월 10일 집필을 끝냄.

4) 원리강론은 1966년 5월 1일 제 1쇄를 발행함. 이에 앞서 1957년 8월 15일 '원리해설' 초판 발
   행(3000부, 세종문화사, 경향신문사 인쇄), 1961년 일본어 '원리해설' 발행.

5) 천성경은 통일교 8대 교본 중에 하나이다. 문선명 총재님이 그동안 말씀하신 '하나님의 해방
   과 인류 구원 및 세계평화'를 위해 밝혀온 천상의 비밀 500 여권의 저서를 주제별로 발췌 정리
   한 16권을 다시 합본하여 한 책으로 묶은 참부모님 말씀집(세계평화통일가정연합 간). 2005년
   (천일국 5년) 1월에 첫 출간. 중판 2006년 4월 15일. 통일교의 가장 종합적인 경전이다.

오대양 육대주가 섬길 새로운 성경

오대양 육대주가 섬길 새로운 성경
사람의 아들이 하나님이 되니
사람의 아들이 실체적 하나님이 되니
만물만신(萬物萬神)이 모두 경배하도다.
천지가 돌고 돌아 회통(回通)하도다.
세계가 모이고 모여 회통(會通)하도다.
파더 문(Father Moon)
마더 문(Mother Moon)

이제 하늘은 창공 저 멀리 있는 것이 아니라
땅에 내려와 언제나 손님처럼 옆에 있도다.
하나님의 숨소리를 들어라.
하나님의 심장 소리를 들어라.
그대는 바로 신부가 되어야 하나니
땅은 신부의 정갈함으로 하늘을 맞는다.
파더 문(Father Moon)
마더 문(Mother Moon)

하늘은 고통과 눈물의 계곡을 거쳐 이제
절대 신랑으로 항상 함께 자리하도다.

이 땅의 가장 낮은 데서 밤을 지새우다가
이제 가장 높은 곳으로 등극하였도다.
극과 극이 번갈아드는 이치여!
음과 양이 안고 돌아가는 이치여!
절대는 상대가 되고
상대는 절대가 되고
절대상대가 오가는구나.

이제 멀리 가는 것이 아니라
제 자리에서 신랑을 맞아야 하도다.
이제 촌음을 다투어 그대는 신부가 되어야 하도다.
이제 하나님은 잠시도
그대의 몸뚱어리와 떨어져 있지 않도다.
심정은 항상 그대 몸과 함께 하나니.
보이지 않는 심정이 하나님이 되니
이제 새로운 하나님
새 옷을 입은 하나님

죽음의 세계, 아비규환의 세계에 평화가 흐르고
피가 용솟음치고, 정이 만물에 흐르나니
더 이상 고통과 외로움은 없도다.
더 이상 죽음은 없도다.

☾ 재림의 하나님은 동방에서 태어났도다

재림의 하나님은 동방에서 태어났도다.
그 옛날 예수가 태어날 때 동방박사는 별빛을 따라
베들레헴 마구간을 찾아 경배를 하였지만
이제 동방에서 스스로 하나님이 태어났도다.

그 옛날 서방 이스라엘에서 예수가 태어났듯
동방의 작은 나라, 금수강산의 나라
그것도 침략의 마수에 걸려
고통과 질곡에서 허덕일 때 태어났도다.
언제나 보석 같아 큰 나라의 탐욕의 대상이 되었던
작은 나라에서 태어났도다.

동방의 이스라엘
코리아(Korea)여! 한국이여!
복되도다. 복되도다.
그 이름은 하늘의 태양을 닮아 선(sun)
그 이름은 하늘의 달을 닮아 문(moon)
하늘이 제 발로 땅에 내려왔으니
하늘은 스스로 땅을 먼저 앞세우니
그 이름 문(moon), 선(sun)

밝고 밝도다(明), 일월(日月)

그 옛날부터 음양(陰陽)의 나라에

하나님은 다시 태어났도다.

하나님도 빛도

음에서 양으로

다시 양에서 음으로 돌아가도다.

파더 문(Father Moon)

마더 문(Mother Moon)

이제 남자는 여자를 앞세우도다

이제 남자는 여자를 앞세우도다.

이제 남자의 남자는 여자를 앞세우도다.

이제 여자의 여자는 남자를 앞세우도다.

이제 여자는 스스로 남자의 굳건한 바탕이 되도다.

완벽하게 이중으로 앞세우니 사방에

굳건한 성채(城砦)를 이루었도다.

파더 문(Father Moon)

마더 문(Mother Moon)

하나님의 종적(縱的) 절대주체와 대상

이성성상(二性性相)

사위기대(四位基臺)

삼대상목적(三對象目的)

4박자, 3박자

천지인, 참부모님

참사랑, 참부모님

심정의 하나님

예수님도 하지 못한 것을

부처님도 하지 못한 것을

모든 도인이 하지 못한 것을
처음으로 완성하였도다.

유불선(儒佛仙)
현묘지도(玄妙之道)의 나라에서
삼묘지도(三妙之道)의 나리에서
참사랑의 기독교가 다시 태어나니
그 이름 유불선기(儒佛仙基)
사묘지도(四妙之道)[1]

3박자, 4박자
엇박도 좋구나.
얼씨구 절씨구
지화자 좋다.
아리랑 쓰리랑
아라리요.

---

[1] 전통적으로 우리나라에서는 유불선(儒佛仙)을 삼묘지도(三妙之道)라고 말한다. 여기에 기독교를 덧붙여 사묘지도(四妙之道)라고 한 것이다.

🌙 이제 하나님도 짝을 맞추었도다

이제 하나님도 짝을 맞추었도다.
하늘의 하나님
땅의 하나님
낮의 하나님
밤의 하나님
해의 하나님
달의 하나님
이름하여 심정(心情)의 하나님
참부모님, 천지인 참부모님

빛이 어둠을 완전히 물리치니
악마도 무릎을 꿇는구나.
빛이 어둠과 화(和)하니
일이이(一而二), 이이일(二而一)
불일이불이(不一而不二)
융화(融和)하고 화쟁(和諍)하니
융이이불일(融二而不一)

그 옛날 부처의 나라에서 온 정기가
원효의상(元曉義湘)이 되고

그 옛날 공자의 나라에서 온 정기가
퇴계율곡(退溪栗谷)이 되고
그 옛날 예수의 나라에서 온 정기가
독생자독생녀가 되었나니.
메시아가 음양으로 완성되니
이제 진정 하나님의 나라가 되었구나.
모두가 하나님을 경배하는구나.

그 옛날 신선의 나라
금강산 봉우리마다
신선이 일어나니
모두가 우리나라
세계가 하나 되니
국경선이 필요 없구나.

신령이 통일 되니
지상이 통일 되고
세계가 평화통일을 이루니
참가정으로 돌아가는구나.
예수님, 부처님, 공자님
꾸란이 함께 하니[1]
　세계는 하나.

---

1) 서울시 용산구 한강로 3가 63-379 통일교 세계본부 '천복궁'(天福宮)에는 예수님, 부처님, 공
　자님과 꾸란이 함께 모셔져 있다. 그리고 마리아와 관음보살이 함께 모셔져 있다.

🌙 하나는 한, 하나는 하나님

하나는 한, 하나는 하나님
하나님은 하나, 하나는 한
신불도선(神佛道仙)이 하나가 되니
세계는 하나, 하나님 아래 하나
신(神)은 불(佛), 불(佛)은 도(道)
도(道)는 선(仙), 선(仙)은 선(善)
신불도선이 하나 되는 게 초종교라네.

춤추는 우주
신명나는 우주
유무(有無)가 무엇인가
왕래(往來)가 무엇인가
이 모두가 하나인 것을
동중정(動中靜)
정중동(靜中動)
화이부동(和而不同)
부동이화(不同而和)

이브도 더 이상 유혹에 넘어가지 않고
아담은 순결하여 어둠은 완전히 가시었구나.

빛이 어둠에서 시작하여 어둠을 잘 아니
어둠이 빛에 꼼짝달싹 못하는구나.
남자가 여자에서 태어남을 아니
여자가 더 이상 슬프지 않도다.
여자는 더 이상 고통을 당하지 않도다.
빼앗김으로 슬퍼하지 않도다.
버림받음으로 눈물 흘리지 않도다.

여인들은 다시 빛나는 태양이 되어 숭배 받으니
아! 아름다운 세상
아! 아름다운 지구
아! 아름다운 우주여!

여자가 행복하면 세상이 행복하도다

여자가 행복하면 세상이 행복하도다.
여자가 평화로우면 세상이 평화롭도다.
여자가 평화로우니 여자의 몸에서 태어나는
아이는 저절로 평화롭도다.
아이가 평화로우니 세상이 다시 평화롭도다.
평화의 근본을 알았으니
이게 세상의 낙원, 인류가 밤낮으로 찾던 낙원이로다.

해(Sun)와 달(Moon)이 조화를 이루어
빛(明=日+月)을 밝히니
세상은 구원에 들떠있도다.
더 이상의 경전은 없도다.
성약(成約)시대여!
구약(舊約)과 신약(新約)시대를 거쳐
코리아에서 약속이 완성되도다.
파더 문(Father Moon)
마더 문(Mother Moon)

난자(卵子)의 제국(帝國), 코리아여!
제국(諸國)들의 씨가 모여

난자의 제국(帝國)들을 도모하니
큰 나라, 대한(大韓)을 이루었도다.
일제 식민지에서나마 하늘에 제사지내는
천자(天子)의 자격으로
원구단(圓丘壇)을 이루었도다.
그 옛날 천부경(天符經) 시절
원방각(圓方角)이 다시 이루어지도다.
원방각으로 만들지 못하는 물건이 없구나.

그 이름, 코리아!
여자는 몸에 창조의 비밀을 숨기고
남자는 마음에 창조의 진리를 비추는구나.
여자는 남자를 내 몸 같다고 해서
'당신'(當身)이라고 하고
남자는 여자를 보배 같다고 해서
'여보'(如寶)라고 하는구나!
여보당신으로 사랑과 가정이 완성되는구나!

남자와 여자는 서로를 포옹하고 있구나

남자와 여자는 서로를 포옹하고 있구나.
남자와 여자는 안에서 교차하고 있구나.
남자는 몸에서 떨어져
어둠 속에서도
하늘의 빛을 바라볼 수 있고
여자는 몸에 바짝 붙어 있어서
그늘과 어둠으로
창조의 비밀을 말하지 못하는구나.
남자는 말씀으로 말하고
여자는 헌신으로 말하는구나.

남자는 마음에 반사된
그 창조의 빛으로 인해
창조의 섭리를 선포하는구나.
후천의 여성시대를 위해
선천의 마지막에 절대왕권을 수립하는구나.
하늘의 신기원, 천력(天曆)을 선포하는구나.

역사적으로 제대로 수컷을 보지 못한 암컷은
수컷 중의 수컷을 알아보지 못하는구나.

그 수컷, 대웅(大雄)을 알아보는 날
하늘의 상찬을 받겠구나. 아, 주!
이제 천지창조가 위로받을 때가 되었구나.
이제 하나님이 한을 풀었구나.
이제 하나님이 해방되었구나.
최초의 원인(first cause)은
최후의 결과(last result)에 책임이 있나니.

비록 인간에게 자유를 주었다지만
그 이루지 못한 평화에 대한 책임이 있나니
드디어 메시아의 완성으로
하나님이 해방되는구나.
그 때문에 사탄을 사랑하고
그 때문에 가인을 사랑하였구나.

원죄로부터 풀려나니
이제 미완성의 메시아가
완성의 메시아가 되는구나.
메시아가 완성되는구나!
성스러운 완성이여, 성화(聖和)여!
일심(一心)이여! 일화(一和)여!

후천개벽이여!

코리아(korea)여! 고래(古來)아여!
재림의 하나님이 코리아에 태어남은
그 옛날부터 이미 예정되었던 것
여래(如來)여, 여거(如去)여!
육계와 영계가 왕래하는구나.

🌙 코리아는 고려, 고려는 고구려

코리아는 고려, 고려는 고구려
고구려는 가우자리, 가운데 자리
재림의 하나님이 코리아에 태어남은
그 옛날에 이미 예정되었던 것

세계의 중심에서 갈라진 인류가
하나는 서쪽으로, 하나는 동쪽으로 갈라져
이제 다시 만나게 된 것
여자의 여자여! 코리아여!
인고의 세월을 용케도 참고 버티었구나.

여자의 여자여!
이제 진정 남자의 남자를 만나니
세상에 부러울 것이 없구나.
이제 진정 남자를 만나니
진정 여자이면 되는구나.

침략의 무리들이
뿌리고 뿌린 씨앗들이
이제 악(惡)의 기운을 떨쳐내고

이제 선(善)한 열매가 되어 일어나니

코리아는 복귀(復歸)의 나라

코리아는 복본(複本)의 나라

그 옛날 문명의 중심이던 동이(東夷)가

다시 우주의 중심에 섰네.

인류의 문명(文明)이

선(鮮)에서 다시 선(善)하게 일어났네.

문선명(文鮮明)![1]

---

1) 박정진, ≪종교인류학≫ 254~256, 2007년, 불교춘추사. "선(鮮)자에 대한 금문학을 보자. '鮮'자는 '魚+羊'의 합성어이다. '羊'은 염제 신농의 토템이고 '魚'는 중여 곤(鯀)의 토템이다. 중여씨는 여러 개의 이름이 있는데 그 가운데서 가장 알려진 이름이 '우임금의 아버지'로 알려진 곤(鯀)이다. '鯀'는 '魚+系'의 합성어이다. 곤이 고양씨의 집안의 아들로 들어와서 사당의 제사를 총괄하면서 곤(鯀)에서 계(系)자 대신에 양(羊)자를 넣어서 선(鮮)이 되었다는 것이다. 결국 조선(朝鮮)이라는 것은 고양씨의 이름자인 조(朝)와 그의 셋째 아들 중여의 이름자인 곤(鯀)이 선(鮮)으로 바뀜에 따라 형성된 것이다.(趙玉九,≪21세기 新설문해자≫ 148~149쪽, 2005년, 백암) 여기에 중요한 시사점이 있다. 고기잡이를 하는, 물이 있는 초원의 부족과 양을 유목하는 산지의 부족이 합해서 조선이 된 셈이다. 이것은 주채혁의 소산(小山)-대산(大山), 예(濊)-맥(貊)의 이론과 흡사하다. 노(魯)나라의 '魯=魚+日(羊)'과 같은 맥락으로 볼 수 있다. 그래서 노나라는 산동지방에서 가장 동이의 문화를 보존한 지역으로 알려져 있다. 동아시아 한자문화권의 문화영웅 공자가 산동성 노나라 출신이라는 것은 의미심장하다. 주채혁의 현지 발음과 생태학적 추적에 따른 '조선(朝鮮)' '고려(高麗)' 이론과 낙빈기류의 금문학(金文學)에 의한 환(桓), 조(朝), 한(韓) 이론이 만날 수는 없을까. 그 가능성은 얼마든지 열려있는 것 같다. 종합적으로 보면 '鮮'자에 있는 것 같다. 선자의 발음이나 선자의 의미는 바로 그것을 증명하고 있다. 그렇다면 그 중화문명과 동이문명의 만남은 우임금에서 비롯되는 것인가? 결국 전욱(顓頊=정옥) 고양(高陽)씨와 순우(舜禹) 임금에서 조(朝)와 한(韓), 선(鮮)이 완성된다. 단군조선을 연구하기 위해서는 그 범위는 동아시아 전체를 무대로 설정하지 않으면 안 될 것 같다. 여기에 오늘날 중국 대륙의 중심지도 포함시켜야 하며 지금의 국가와 국경을 개념과 그것의 사수에 급급하면서 고대사를 보는 것은 시간을 소급하려는 어리석은 짓이 될 것이다. 동양사 연표를 보면 중국의 요임금과 조선의 단군을 동시대에 놓는다. 이것이 아직 학계의 통설이 된 것은 아니지만 아쉬운 대로 쓰고 있다. 그런데 순(舜)임금을 '모계에서 부계로의 전환점'으로 본다면 요임금에서 순임금으로의 전환시기와 환웅천황에서 단군으로의 전환시기를 같은 전환점

물고기(魚)가 양(羊)을 만나고

고대 문명이 통일을 이룬 곳에서[2]

다시 세계문명이 통합되는구나.

으로 본다면 크게 무리는 없을 것 같다. 흔히 동이(東夷)중심의 역사에서 화하(華夏) 중심으로 역사를 전환시킨 인물로 우(禹)임금을 든다. 그러나 그것은 설득력이 부족하다. 전욱(顓頊=정옥) 고양(高陽)씨에 의해 '고'(高)자 이름이 완성되고, 제곡(帝嚳) 고신(高辛)씨에 의해 '제'(帝)의 이름이 완성된다. 전욱 고양씨는 결국 조(朝)자와 고(高)자를 완성시킨 인물이다. 여기에 주목할 필요가 있다. 순우(舜禹) 임금에서 한(韓), 선(鮮)이 완성된다면 우리가 문제 선상에 떠올린 모든 글자인 조(朝), 고(高), 한(韓), 선(鮮)이 여기에 다 들어있다. 낙빈기류의 금문학과 주채혁의 조선(朝鮮)론이 만난 셈이다. 순임금은 동이족이라는 사실이 널리 알려져 있다. 우임금에 의해 화하(華夏)문명이 동이(東夷)문명과 갈린다는 것은 수긍할 수가 없다. 선(鮮)자야말로 고대사의 문제를 푸는 열쇠의 용어이고 선(鮮)자는 우임금의 이름이니 말이다. 우임금 다음의 탕(湯)임금은 또한 동이족 출신이 아닌가."

2) 박정진, 《종교인류학》 265~266, 2007년, 불교춘추사. "최남선의 불함문화론은 주채혁에 의해 다시 새롭게 부활한다. 주채혁은 소위 '몽골리안 루트'를 현지조사한 뒤에 '신(新)불함문화론'을 통해 <불함(不咸)=Burqan(紅柳)=모성 하느님>과 <맥(貊)=백화(白樺: 자작나무)=탱그리(부성 하느님, 단군할아버지)>를 주장한다. 유목민족의 '태반(胎盤)문화'를 추적하는 가운데 성립된 그의 '신불함문화론'은 기본적으로 순록의 먹이인 이끼를 따라가는 '이끼(蘚) 루트'를 축으로 전개된다. 그에 따르면 지금까지 '조용한 아침의 나라'로 번역된 조선(朝鮮)이라는 글자는 의역될 것이 아니라 현지의 발음에 따라 정확한 그 의미를 찾아야 한다는 것이다. 압록강만 넘으면 조(朝)자는 '아침 조'자 '자오'(zhao) 1성이 아니라 '찾을 조'자 차오(chao) 2성으로 읽는다는 것이다. 예컨대 차오추(chaochu)는 '순록을 가진 자'라는 뜻이다. 조(朝)는 '…찾아간다'라는 뜻이다. 그러한 용례로 조천(朝天), 조공(朝貢), 조남(朝南: 남향의 뜻)이 있다. 다시 선(鮮)자의 경우도 '고울 선'자 시엔(xian) 1성이 아니라 '이끼 선'자와 같은 시엔(xian) 3성이라는 것이다. 이것은 '작은 동산' '소산(小山)'이라는 뜻이라는 것이다. 결국 조선(朝鮮)이라는 말은 '소산(小山)인 선(鮮)에서 나는 선(蘚: 이끼)을 찾아가는 유목민'이라는 뜻이라는 것이다.(周采赫, <朝鮮, 鮮卑의 '鮮'과 순록유목민-몽골유목 起源과 관련하여>《동방학지》110 연세대 국학연구원 2000년 12월, 117~220쪽) 그는 나아가서 조족(朝族)과 선족(鮮族)을 나눈다. 소산(小山)-선(蘚)이 주류를 이루는 유목민족 선비족의 지역과 대산(大山)이 우뚝 선 조선과 고구려의 지역은 다르다는 것이다. 조선(朝鮮)의 선(鮮)은 유목 초지이고 고구려의 코리(Qori: 高麗)는 거기서 꼴을 뜯고 있는 유목의 주체인 순록(orun bog-chaa bog)자체라는 것이다.(주채혁, <'蘚'의 고려와 '小山'의 馴鹿 연구>,《백산학보》67, 337~360쪽, 백산학회 2003년). 그래서 그의 결론은 선(鮮)은 유목초지에서 사는 민족이 조선-고려의 시원 '순록유목 겨레'라는 것이다. 그의 소산과 대산의 이분법은 나중에 예맥(濊貊), 즉 예(濊)와 맥(貊)으로 대입된다. 소산(小山)-예(濊)는 물이 있는 지역이고 대산(大山)-맥(貊)은 고산지대라는 것이다. 전자는 한반도로 흘러 들어와서 강릉을 중심으로 하고, 후자는 춘천을 중심으로 나라를 이루었다는 것이다."

파더 문(Father Moon)
마더 문(Mother Moon)

사람이 세상에 태어나
가장 오래 어머니와 사는 나라
어머니와 오래 살아 인정이 많은 나라
모심(母心)이 전해져
하나님을 사모하는
모심(慕心)의 나라가 되었나니
'모심'은 모시는 마음
하늘도 그 감응을 받았도다.
어머니 중의 어머니의 나라

충모(忠母)의 나라에
참아버님이 탄생하였도다.
참아버님은 평화의 왕으로 탄생하였도다.
참아버님이 탄생하니 그 짝으로
참어머님이 탄생하였도다.
참어머님으로 여인은 해방되도다.
두 분 양위분 모시니
심정(心情)의 하나님
완성의 하나님, 성약의 하나님.

이제 하나님은 저 멀리서 말씀으로 있지 않고

이제 하나님은 저 멀리서 말씀으로 있지 않고
이제 하나님은 구원을 말씀으로 하지 않고
바로 몸에서
바로 마음에서
바로 정(情)에서 하나니.
정이 만물에 넘치는구나.
작은 미물에서
삼라만상에 이르기까지 넘치는구나.

무정(無情)한 것은 없어지고
유정(有情)한 것들이 펼쳐지도다.
하늘의 것이 땅의 것이 되고
땅의 것이 하늘의 것이 되도다.
만물은 하나도 떨어져 있지 않다.
만물은 잠시도 떨어져 있지 않다.
만물은 시작부터 끝까지 하나이니
따로 헤어질 것도 없고
따로 찾아다닐 것도 없도다.

시나이 산에서 빛나던 하나님은

동방의 작은 나라 코리아
백두산(白頭山)에서 다시 빛나
다시 역사를 쓰기 시작하니
다시 신기원을 이루었도다.
몇 천 년만의 돌아옴인가
몇 천 년만의 주기인가.

재림의 땅은 복되도다.
재림의 땅은 이제 만인의 칭송을 받으리.
동방의 음덕(陰德)이 자라고 자라
동방의 빛이 되니
제 3의 예루살렘, 코리아여!
하늘부모, 천지인참부모
파더 문(Father Moon)
마더 문(Mother Moon)

무릇 만물은
원구(圓球)로 주기(周期)를 이루나니
큰 것은 큰 것대로
작은 것은 작은 것대로
돌고 도는구나.
무릇 만물은
전기(電氣)로 작용(作用)을 하나니

기(氣)여, 전기(電氣)여!

음양이 번갈아 자리를 바꾸니
보이는 것에서 보이지 않는 것까지
큰 것은 큰 것대로, 작은 것은 작은 것대로
사랑을 하는구나.
저마다 제 모습으로, 제 크기로 사랑을 하는구나.

저마다, 제 크기로, 제 모양으로
존재하니 잘 쓰는 것이 문제로다.
잘 쓰는 것이 문제로다.
사랑으로 쓰면 사랑으로 넘치고
전쟁으로 쓰면 고통으로 넘치고
평화로 쓰면 행복으로 넘치나니.

평화의 원리는 끝없이 내 것을 내어주는 것
내어주면 그것이 돌고 돌아 내게로 돌아오는 것
복귀의 섭리는 이런 것
복본의 섭리는 이런 것
구원, 복귀, 천국은 이런 것
만물이 스스로의 몸을 봉헌하니
만신이 땅으로 내려와 기쁨의 세계를 이루네.

이제 하나님이 땅에 내려왔으니

이제 하나님이 땅에 내려왔으니
하늘과 땅은 갈라진 틈새가 없이 하나로다.
그저 짐짓 차이만 있어
하늘과 땅은 제 역할을 바꾸어
지천(地天)의 놀이를 하는구나.
남자와 여자도 입장을 바꾸어
여성상위(上位)의 놀이를 하는구나.
놀이하듯 살아가니 재미있는 세계
예술의 세계, 무도의 세계
남녀가 역할을 바꾸며 시시각각 살아가니
천지, 천지, 음양천지로구나.

음양천지는 시간 가는 줄 모르는구나.
음양이 역할을 바꾸니 재미가 있구나.
천지인(天地人)의 세계여
대리(代理), 대신(代身), 교대(交代)하는 세계여
교류(交流)하는 세계여!
파동(波動)치는 음률이여!
존재(Being)의 신이여!
생성(becoming)의 신이여

단군(檀君)에서 못 다 이룬 꿈이
하나님의 재림으로 이루어졌나니.
여인들도 다시 태양으로 빛나는구나.
짓밟힌 여인들이 다시 일어나는구나.
역사의 훌륭한 씨앗들은 모두 이 땅에 모였나니
지구의 선남선녀(善男善女)
이 땅에 다 모였고
천지의 신선도사(神仙道士)
이 땅에 다 모였구나.

제 몸으로 스스로 일어나니
자신(自身)의 세계!
제 믿음으로 스스로 일어나니
자신(自信)의 세계!
날마다 새롭게 스스로 일어나니
자신(自新)의 세계!
드디어 스스로 절대신을 알아보니
자신(自神)의 세계!

자기 몸을 온통 믿음으로 만들어
새로운 신앙이 된 자여!
자기 믿음을 날마다 새롭게 하여
메시아에 이른 자여!

끝내 신을 민족에, 인류에, 세계에
선물한 자여! 자신(自神)이 된 자여!
스스로 신이 되는 전범을 보인 자여!
자신은 철저히 없애 세계로 만들 자여!
그 신을 탄생케 한 민족이여!

창조제조(製造)의 신이여
생성조화(造化)의 신이여
복 있으라! 복 있으라!
아! 주! 아! 주! 아! 주!
하늘부모, 천지인참부모
태극음양, 천지인음양오행
파더 문(Father Moon)
마더 문(Mother Moon)

2

성화식(聖和式)과
기원절(基元節)

태초에 소리가 있었다

"태초에 소리가 있었다."
그 원음(原音)은 원상(原相)이었다.
소리(音)가 상(相)이 되니
하늘에 무늬, 문(文)이 떴다.
그 '문'은 해와 달
문(moon)과 선(sun)이었다.
원음과 원상은 후일 다시
글(文)로 정리하니 원리(原理)가 되었네.

이는 마치 0이 1이 되고
1이 0이 되는 것과 같았다.
1은 하늘, 하느님
이때부터 어둠이 물러가고
빛이 온 세상에 퍼졌다.
하늘에 수많은 별들 가운데는
빛을 발하는 것이 있고
반사하는 것이 있었다.
'문선'(moon-sun)은 음양(陰陽)이니
그 신비가 하늘과 땅에 가득 찼다.

예부터 하늘의 소리, 하늘의 말씀

천부경(天符經)을 가진 민족이 있었으니

그 민족의 후예 한국인에게

'하늘이 되는 영광'이 주어졌다.

재림주 레버런 문이 한국에 태어났도다.

구세주 예수가 이스라엘에 태어난 것과 같도다.

천지인 참부모님이 한국에서 그 임무를 완수하니

아담의 세계가 완성되도다.

해와의 세계가 시작되도다.

삼일신고(三一神誥)[1]의

성통공완(性通功完) 영득쾌락(永得快樂)이

수천 년 만에 인류문명 시원의 나라인

진국(震國), 동이(東夷)의 나라에 도래했네.

기쁨을 얻자면 그 전에 평화를 얻어야 하네.

평(平)은 평등한 관계설정이고

화(和)는 그것이 피부에 와 닿는 화락(和樂)

모두 기쁨의 신학을 말하네.

평화도 기쁨이고, 행복도 기쁨이네.

재림의 목적도 기쁨을 찾기 위함일세.

---

1) 천부삼경(天符三經) 중의 하나인 삼일신고(三一神誥)에 이런 말이 있다. "본성에 통하면(통하는 것에 완전히 성공하면) 하나님과 하나가 되어(하늘나라에서) 영원히 기쁘하고 즐거워한다(기쁨과 즐거움을 얻는다)(性通完功者, 朝永得快樂)"

기쁨을 되찾는 것이 복귀의 내용일세.

시간은 시간을 낳고
공간은 공간을 낳고
시간이 공간을 낳고
공간이 시간을 낳고
주체는 대상을 낳고
대상은 주체를 낳고
나는 나를 낳고
나는 너를 낳고
너는 나를 낳고
나는 만물을 낳고
만물은 나를 낳고
하나 된 세계여!
시간과 공간의 옷을 벗어라.
큰 것 속에 작은 것이 있고
작은 것 속에 큰 것이 있네.
혼돈 같은 세계여!
여자 같은 세계여!
여자 같은 세계를 위해
마지막 왕
마지막 수컷의 왕
외뿔의 왕이

심정으로부터 절대신으로 솟아
참아버님이 되었구나.

여장부 중의 여장부로구나

암컷들이여! 복종하라.
너의 시대를 맞으려면
우선 수컷에게 복종하라.
마지막 수컷에 최대의 예의를 표하라.
마지막 수컷에 온몸을 던져라.
마지막 수컷을 위무하라.
마지막 수컷을 위무하는 자가
여장부 중의 여장부로구나.
일각수의 숫양을 위무하는 자가
여장부 중의 계승자로구나.

모시는 자가 모심을 얻으리니
하늘을 가장 잘 모시는 자는
땅의 가장 낮은 데서 시작하는 자로다.
그 옛날 땅의 가장 낮은 데서
성인이 탄생하였듯이
땅의 가장 낮은 데서 모시는 자가
왕관을 쓰고 대관식에 나아가는 자로다.
그 여장부를 아는 대장부가
진정한 대장부이듯이

그 대장부를 아는 여장부가
진정한 여장부로다.
죽으면 살지니, 완전히 죽으면 살지니.

남자는 정복하여 승리하고
여자는 인내하여 승리하도다.
남자는 앞에서 승리하고
여자는 뒤에서 승리하도다.
남자는 승리하여 승리하고
여자는 실패하여 승리하도다.
남자는 뜻을 세워 승리하고
여자는 몸을 바쳐 승리하도다.

먼저 여자가 되고 후에 남자가 된 자여!
먼저 남자가 되고 후에 여자가 된 자여!
앞에서 여자가 되고 뒤에 남자가 된 자여!
앞에서 남자가 되고 뒤에 여자가 된 자여!
희생하고 인고하는 자여!
승리의 깃발을 꽂는 자여!

🌙 땅의 것이 하늘의 것이 되는구나

하늘의 것이 땅의 것이 되었다가
땅의 것이 하늘의 것이 되는구나.
하늘의 것이 인간의 것이 되었다가
인간의 것이 땅의 것이 되는구나.
인간의 것이 하늘의 것이 되었다가
하늘의 것이 땅의 것이 되는구나.
하늘은 그물의 벼리를 꽂는구나.
백척간두에서 뛰어내리면
하늘은 그물을 던져 하나도 빠뜨리지 않는구나.
그물의 날줄과 씨줄은 새 시공(時空)을 짜는구나.

이제 다시 새 시간이 시작되는구나.
이제 다시 새 공간이 시작되는구나.
기원 1년, 기원절(基元節)
2013년 1월 13일
2000년의 13년, 1월의 13일
서기(西紀)를 쓰는 자는 서기를 멈추고
단기(檀紀)를 쓰는 자는 단기를 멈추고
기원을 쓰는 자는 모두
천기(天基)로 쓰네.

이제 하나 된 세계가
천기(天基)를 쓰네.
서기(西紀)도 아닌
단기(檀紀)도 아닌
하나님의 터전
천기(天基)를 쓰네.
이 시간은 이제 남자가 여자에게
시공을 물려주는 시간
남자가 여자에게 바통터치를 하는
릴레이의 시간

참아버님은 참어머님에게 대권을 물려주네.
대권을 다투던 작은 수컷들은 모두
참어머님에게 무릎을 꿇네.
참아버님은 이 황홀한 광경을 어여삐 바라보네.
온몸을 바쳐 충성을 다한 여인의
아름다운 무지개 너머를 바라보네.
신앙의 신비여! 기도의 열매여!
인고의 기쁨이여! 여신이 돌아왔네.
하늘의 검은 신의 굉음(轟音)
천둥과 번개는 여신이 되고
교류는 직류가 되던 남자의 시절을 지났네.

최고의 여신, 태양의 자리에

최고여신

태양의 자리에

한 남자를 세우고

모든 남자를 지배하고

모든 남자 아래

모든 여자를 두고

지배한 것이 왕들의 사회

왕들의 나라

지상에 왕이 있고, 나라가 있으면

천상에도 왕이 있고, 나라가 있기 마련

육신의 왕이 있고, 나라가 있으면

영혼의 왕이 있고, 나라가 있네.

하나의 남자가

한 마리의 사자가

왕국을 건설하고 지배하다가

암컷 중의 암컷에게

왕홀을 넘겨주네.

평화를 위해서 넘겨주네.

암컷의 방법이 아니고는 평화가 어렵네.

암컷의 방법이 아니고는 희생을 하기 어렵네.
암컷의 방법이 아니고는 평화의 유지가 어렵네.
암컷의 방법이 아니고는 소유를 멀리하기 어렵네
심정의 방법이 아니고는 세계를 통일하기 어렵네.
심정의 방법이 아니고는 세계가 소통하기 어렵네.

겉으로는 남자이지만
속으로는 여자인 것이 성인
겉으로는 여자이지만
속으로는 남자인 것이 여신
이 땅의 참다운 여신, 참어머님
이 세계의 참다운 여신, 참어머님
모든 왕들과 여왕들, 신들과 여신들의
부러움을 한 눈에 받네.
온 몸이 열려 세계를 안고도 남음이 있네.
온 몸이 열려 심령으로 통하지 않음이 없네.

일월(日月)이 공(空)을 비추니
밝은 빛(明)이 그치질 않네(照).
사발팔방(八方)으로 비추니
새 나라(國)가 열리네.
참아버님에 이은 참어머님
낮의 하느님에 이은 밤의 하느님

메시아에 이은 성모시여!
성모신황(聖母神皇)이시여!

여신은 다시 봄 동산으로 왔네.
모든 해와들은 원죄로부터 풀려나
해방을 만끽하네.
모든 창녀들도 용서를 받고
여신 됨을 기뻐하네.
수컷이 암컷에게
양이 음에게
만물의 주권을 물려주는 시간
평화의 딸들이 전쟁의 아들들을
가슴에 품는 시간
용사들은 더 이상 전장에서
피를 흘리지 않아도 되네.

🌙 이제 사람들은 몸을 섬기게 되리

태양은 본래 여성
태양이 남성으로 변함에 따라
저절로 신도 남성이 되었네.
후천개벽과 더불어 다시 여성이 주인이 되었네.
남성은 여성과 가정을 앞세워야 행복하게 되리.
몸과 마음은 하나
몸은 육체나 물질이 아니네.
몸은 존재의 살아있음의 증거
마음은 정신이 아니네.
이제 사람들은 몸을 섬기게 되리.

이제 다른 신들은 사라지리.
이제 사람들은 몸을 섬기게 되리.
이제 귀신을 섬기게 되리.
귀신은 몸을 섬기는 것
몸은 그 속에 시간이 응축된
유전자를 가지고 있네.
귀신을 섬기면, 조상을 섬기면
유전자가 반응을 하네.
신(神)자가 '귀신'(鬼神) '신'자인 줄 아네.

귀신과 신이 한자리에 있네.

시작과 끝은
하나의 원을 이루네.
원은 수많은 점
수많은 점 가운데
하나의 중점
그 점은 끊임없이 움직이네.
시간은 한 점에 있네.
공간은 한 점에 있네.

시간과 공간이 교차하는
수많은 점들의 시간
수많은 점들의 공간
만물이 교차(交叉)하는 시간
만물이 교차(交差)하는 시간
양은 음으로
음은 양으로
서로의 몸을 교대하면서
헌신(獻身)하네.
천지가 가장 큰 몸짓으로
신진대사(新陳代謝)하네.

산(山)은 물(水)에 고개를 숙이고

산(山)은 물(水)에 고개를 숙이고
물은 사람(人)들을 품어주네.
남자는 여자에게 고개를 숙이고
여자는 남자를 가슴에 품어주네.
모든 남자는 여자의 아들
남자는 여자를 소유하지만
여자는 남자를 소유하지 않고
그냥 존재하네.
여자는 자연이 되어
더 이상 타락하지 않아도 되네.
참아버님으로 인한 세계의 완성이여!
메시아여! 하나님의 정착이여!
재림주여! 천지인 참부모여!
천지인 참부모 만만세! 억만세!

아낙네는 더이상 지아비를
기다리지 않아도 되네.
지아비는 더이상 지어미를
감시하지 않아도 되네.
언제나 함께 있네.

언제나 동시에 있네.

음악과 예술

노래와 춤이 끊이지 않는 곳

천일국(天一國) 우리나라

우리나라 천일국(天一國)

사랑밖에 없는 곳

참사랑밖에 없는 곳

참생명, 참혈통, 참신앙

천지인(天地人) 따라

애천(愛天), 애국(愛國), 애인(愛人)이 실천되는 곳

인간은 신으로 완성되네.

완성된 신은 다시 인간으로 돌아오네.

신과 인간은 본래 하나였네.

인간과 만물을 본래 하나였네.

뜻의 길이 만물에 펼쳐지고

만물의 하나하나에 신의 손길!

의기투합(意氣投合) 만물만신(萬物滿神)

만물만신(萬物萬神) 의기투합(意氣投合)

천지천지(天地天地) 음양천지(陰陽天地)

자신(自身) 자신(自信) 자신(自新) 자신(自神)

무엇을 향하여(to) 가던 삶은

무엇을 위하여(for) 가는 삶이 되고
무엇을 위하여 가는 삶은
결국 스스로(自)에게 돌아오고 마네.
출발점으로 돌아오고 마네.

세계는 본래 스스로의 몸

세계는 본래 스스로의 몸
몸은 본래 믿음의 존재
몸은 본래 새롭게 변하는 존재
몸은 본래 자기 안에 있는 존재
세계는 지금 태초처럼 흐르네.
태초는 지금 바로 여기네.

시공간이 초월된 세계
시공간이 없는 세계
지금 그대로의 모습으로
지금 그대로 느껴지는 것
심정으로 느껴지는 것
심정으로 통하는 삼라만상
전체로 움직이는 그대를 무엇으로 이름하리.

하나님으로밖에 이름할 것이 없었네.
부처님으로밖에 이름할 것이 없었네.
알라라는 이름으로밖에 이름할 것이 없었네.
공자라는 이름으로밖에 이름할 것이 없었네.
태양이라는 이름으로밖에 이름할 것이 없었네.

천지신명이라는 이름으로밖에 이름할 것이 없었네.

이제 새롭게 소리 내어 외칠 염불
새 육자진언(六字眞言)
'참소리 참사랑'
'참부모 참사랑'
'천지인 참부모'
참소리는 질서와 혼돈을 넘어
질서의 무질서를
무질서의 질서로 메아리치네.
오! 살아있는 목소리여!
영원한 소리여! 영원한 신비여!
들려다오, 너의 노래를
들려다오, 너의 사랑을
들려다오, 너의 기쁨을

원죄의 사슬에서 해방된 기쁨을 들려다오.
아담의 혈통을 돌려받은 기쁨을 들려다오.
단 한 명도 지옥에 남은 자가 없도다.
전인구원(全人救援)의 참하나님
전인구원(全人救援)의 지장보살
찬양하라! 참부모 참사랑
찬양하라! 참부모 참사랑

온통 하나로, 하나의 소리로

온통 하나로, 하나의 소리로
하나의 에너지로밖에
부를 수 없는 자여!
소리는 혼돈(混沌)
음악은 질서(秩序)
만상(萬象) 위에 오를지어다.
가장 낮은 곳을 본 자여
가장 높은 곳에 오를지어다.

가장 낮은 곳의 전기(電氣)여
가장 높은 곳에 오를지어다.
가장 낮은 음률(音律)이여
가장 높은 음률에 오를지어다.
가장 낮은 곳의 성인이여
가장 높은 곳에 오를지어다.
전율(戰慄)이여, 춤이여, 노래여!
전율(電律)이여, 음률(音律)이여, 운율(韻律)이여!

그대 앞에 나는 없네.
그대 앞에 나는 이슬처럼 사라지네.

그대 앞에 나는 연기처럼 사라지네.
그대 앞에 나는 바람처럼 사라지네.
그대 앞에 나는 향기처럼 사라지네.
그대 앞에 사라져도 사라지는 것이 아닌
그대 앞에 죽음도 죽음이 아닌 자여!
부활의 주인공, 메시아여!
완성의 메시아여!
세계여! 아! 주(主)! 할렐루야!

천사여! 완성을 노래하라.
천사여! 세계의 완성을 노래하라.
지상의 꽃들이여! 꿈을 꿔라.
천상의 음악과 함께 꿈을 꿔라.
빛은 빛나 어둠을 감싸고
어둠은 빛 사이로 스며 나와
영원을 속삭이는 빛인가, 소리인가

율려(律呂)여! 현묘(玄妙)여!

율려(律呂)여!

현묘(玄妙)여!

원죄(原罪)는 원인(原因)

말씀(Logos)은 원리(原理)

원리(原理)는 원죄(原罪)

원죄(原罪)는 원리(原理)

탕감(蕩減)은 복귀(復歸)

복귀(復歸)는 탕감(蕩減)

복귀(復歸)는 환원(還元)

환원(還元)은 복귀(復歸)

원시반본하는 세계여!

천지창조하는 세계여!

세계를 감싸는 검은 여신이여!

심정의 여신! 소리의 여신!

블랙홀(Black hole) 같은 여신이여!

빅뱅(Big-bang) 같은 여신이여!

시간을 거슬러, 역사를 거슬러

혈통을 거슬러, 유전을 거슬러

최초의 순수혈통에 도달하였으니

부천(父天)에 도달하였도다.
모천(母川)을 향하여
물결을 거스르는 물고기처럼
하늘과 땅을 하나 되게 하였구나!
호령(號令)의 하나님이 아니라
자모(慈母)의 하나님이 되었구나.
아! 드디어 모천(母天)이 되었구나!

하늘이 땅에 안착하니
참가정, 참부모, 성약시대
땅에 안착된 기독교여!
아담의 순수한 혈통이
재림주에 의해 접붙여짐에
더 이상 혈통을 따지지 않으리.
재림주에 의해 모두가 축복을 받고
축복가정을 이루니
더 이상 혈통을 따지지 않으리.
순수혈통으로 기독교는 완성되리.
한 남자의 순수혈통을 받음에
모든 여자는 이브의 원죄로부터 벗어나고
모든 여자는 해방되었네.

혈통이 가정을 낳고, 가정이 종족을 낳고

종족이 민족을 낳고, 민족이 국가 낳고
국가가 세계를 낳던 권력과 전쟁의 과정이
이제 종말을 고하고
'전쟁의 신'은 '평화의 신'에게 무릎을 꿇네.
계속 찢어지던 세계가
다시 하나의 혈통으로 돌아와 평화를 이루네.
그 평화의 한복판에 평화의 여신이 있네.
찢어지는 아픔으로 탕감한 해와여!
드디어 빛나는 여신, 참어머님으로 우뚝 솟았네.

지상과 영계도 이제 싸움을 멈추네

지상과 영계도 이제 싸움을 멈추네.
재림주에 의해 지상과 영계가 하나가 되니
지상천국, 천상천국이 이루어지리.
세계는 하나의 가족
너나 할 것 없이 하나의 원리가족
너나 할 것 없이 하나의 혈통가족
너나 할 것 없이 하나의 통일가족
태양(Sun)은 달(Moon)이 되어
문(Moon) 선(Sun)이 되어
온 세상을 밝고 맑게 비추네.
해의 하나님은 달의 하나님이 되었네.

어둠인가, 빛인가 애매모호한 사이에
우리들의 평화는 봄의 움처럼 피어나리.
우리들의 사랑은 여름의 녹음처럼 강건하리.
우리들의 철학은 존재를 끌어안고 노래하리.
우리들의 노래는 저 천주(天宙)를 관통하리.
주(主)를 부르는 우리들의 간절한 외침은
주를 부르는 우리들의 간절한 기도는
천공(天空)을 메아리치리.

삶(live)은 믿음(believe)

리브(live)는 비 리브(be live), 빌리브(believe)

앎(philosophy)은 지혜(sophia)에 대한

필(phil), 필(feel), 풀(full)

넘치는 잔이여! 몸뚱어리여!

삶은 믿음으로 존재하는 것

믿음이 없으면 믿음의 대상은 허무한 것

믿음이 없으면 믿음의 주체는 허무한 것

믿음의 본질, 여자여! 믿음으로 드러나는구나!

흙으로 빚은 질그릇이여! 대지의 그릇이여!

하늘아래 하늘 담은 그릇이여!

믿음은 몸이 원하는 것

앎은 머리가 원하는 것

사랑은 몸이 원하는 것

앎은 믿지 못하는 끝없는 호기심

사랑과 믿음은 같은 것이네.

앎과 불신은 같은 것이네.

남자는 믿지 못하네.

여자는 믿음의 원천

여자는 항상 가슴을 열고 있네.

남자는 항상 무기를 숨기고 있네.

그대가 양이면
내가 음이 되고
그대가 음이면
내가 양이 되리.
음의 하나님은
양의 하나님이 되었네.
양의 하나님은
음의 하나님이 되네.

하나님을 볼 수 없다고요.
천만에! 볼 수 있네. 볼 수 있네.
그 하나님은 단 한 분뿐
볼 수 있는 하나님은 단 한 분뿐이네.
하나님을 볼 수 있는 여러분은
참 행복한 여러분
그러니 여러분은 하나님을 대신할 분
하나님을 대신하니
한 사람, 한 사람 모두 하나님이 되네.
우리 모두 대신자!

한은 하나, 하나는 하나님

한은 하나, 하나는 하나님
하나님은 하나, 하나는 한
한의 동사는 '한다'
'한다'의 처음은 '하다'
'하다'의 처음은 '창조하다'
'하나님이 창조하다'는 '한'에서 유래
'한' '한다'의 명사는 하나
하나의 존칭은 하나님
하나님이 창조한 세계는 모두 하나
만물은 무엇을 하는 존재
존재는 항상 움직이는 존재

한 사람, 한 사람 모두 하나님이 될
그 날은 언제인가!
한 사람, 한 사람 모두 메시아가 될
그 날을 언제인가!
한 사람, 한 사람 모두 부처님이 될
그 날은 언제인가!
한 사람, 한 사람 모두 미륵님이 될
그 날을 언제인가!

우리 모두 대신자!

양의 하나님은 곧
음의 하나님이 되네.
낮의 하나님은 곧
밤의 하나님이 되네.
양과 음이, 낮과 밤이 번갈아
하나님이 되네.
그 사이에 실체의 하나님
정오정착의 하나님
참하나님!

눈으로 볼 수 있는 하나님은
이번이 마지막일진저.
오! 소중함이여, 영광이여!
천지인 참부모님!
메시아, 재림주, 구세주!

예수님, 돌아가신 후
2천년 만에 일어난
한국의 기적! 하나님의 기적!
더 이상 내려갈 수 없는 바닥!
일제 식민과 6·25의 처참한

그라운드(ground) 제로(zero)에서
솟아오른 대성상(大聖像)이여!
제로는 원점(原點, 圓點), 원(圓)

가장 큰 통일교회이면서
가장 작은 가정교회여!
가장 먼 교회이면서
가장 가까운 교회여!
사람들의 마음의 교회!
사람들의 평화의 교회!

눈으로 볼 수 있는 자의 축복이여!
함께 숨 쉬는 자의 축복이여!
손으로 만질 수 있는 자의 축복이여!
함께 어루만지는 자의 축복이여!
목소리를 들을 수 있는 자의 축복이여!
저 소리를 들을 지어다!
저 우주의 원음(原音)을 들을 지어다!

아! 완성의 하나님, 성약의 하나님

아! 완성의 하나님
성약의 하나님
메시아의 하나님
미륵의 부처님
세계가 한 몸이 되어
천지가 한 몸이 되어 붙어 있네.
천지혼백이 하나 되어 있네.
천지가 한 몸이 되어도
그 숨구멍을 따라, 허파를 따라
바람은 흘러왔다, 흘러가네.
울려 퍼지는 노래여, 음률이여!

땅의 귀신은 하늘의 혼령이 되고
하늘의 신은 땅의 신바람이 되네.
하늘과 땅 사이에 인간이 있는 것이 아니라
인간 속에 하늘과 땅이 끝없이 생성되네.
하늘과 땅 사이에 시간이 있는 것이 아니라
인간 속에 하늘과 땅이 흘러가네.
하늘과 땅 사이에 공간이 있는 것이 아니라
인간 속에 하늘과 땅이 자리 잡고 있네.

소리의 하나님은 천상천하에 있도다.

지금 귀를 쫑긋 세우고

태초의 소리를 들어라.

저 환희를! 저 열락을!

태초는 '지금, 여기'

'나우 앤 히어'(now and here)

'그것, 저기'가 아니다.

'잇트 앤 데어'(It and there)가 아니다.

삼라만상은 돌고 돌아

끊임없이 돌아 원을 이루고

원은 나선으로 하늘에 오르네.

저 지붕에 쏟아지는

작열하는 빛이여!

빛이여, 이제 어둠의 형제로 돌아왔구나.

어둠이여, 이제 빛의 형제로 돌아왔구나.

정신과 물질은 본래

둘로 나누어진 것이 아니라

신물합일(神物合一)이로다.

신(神)이 물(物)이고, 물이 신이로다.

상징하는 세계여!

상호작용하는 세계여!
수수작용하는 세계여!

음양의 세계여! 무지개의 세계여!

음양의 세계여!
무지개의 세계여!
삼원색의 너머에서
울려 퍼지는 말씀이여! 빛이여! 소리여!
그 가운데 하나의 절대가 서니
그 이름은 참부모님
다른 모든 음양들은 그 앞에 신하로 배열하네.
태양, 태음이 절대가 되면
하나의 태극 아래에
만상(萬象)이 신하로 조아리는구나.

우리 모두 대신자, 우리 모두 대신자
의기투합(意氣投合) 만물만신(萬物萬神)
만물만신(萬物萬神) 의기투합(意氣投合)
의지와 기운이 하나 되면
만물과 만신으로 드러나고
만물과 만신이 다시 숨으면
의지와 기운으로 돌아가나니.

우리 모두 메시아, 우리 모두 메시아

태극의 나라에서 평화의 왕이 탄생함은

후천개벽의 서곡(序曲)

심정으로 오신 하나님!

아이 리브, 아이 비리브!

I live, I believe

나의 삶(live)은 저절로(be)

믿음(believe)이 되네.

할렐루야! 아! 주!

참부모님! 아! 주!

천모지모(天慕之母)

지경지모(地敬之母)

하늘은 어머니를 사모하고

땅은 어머니를 공경하네.

마더 러브드 바이 헤븐

(Mother loved by Heaven)

마더 레버드 바이 어스

(Mother revered by the Earth)

참아버님은 심정을 가르쳤고

참아버님은 심정을 가르쳤고
참어머님은 심정을 품었네.
참부모님, 심정의 하나님은 하나이네!
심정의 하나님, 만세, 만만세!
심정의 하나님, 만세, 억만세!
참아버님은 상천(象天)하고
참어머님은 법지(法地)하도다.
상천법지(象天法地)로다.
하늘과 땅이 바뀌는 신비여!
하늘과 땅이 바뀌는 이치여!

로고스(Logos)의 하나님
파토스(pathos)의 하나님
에토스(ethos)의 하나님
심정(Heart)의 하나님
소리(phone)의 하나님
음악처럼 감전되는 하나님
춤처럼 흥겨운 하나님
바람 같은 신바람의 하나님

생각의 하나님

마음의 하나님

몸맘의 하나님

혈통의 하나님

만물의 하나님

교감의 하나님

기도의 하나님

계시의 하나님

천지개벽의 하나님

전인구원의 하나님

탕감복귀의 하나님

책임분담의 하나님

원시반본의 하나님

창조진화의 하나님

우연필연의 하나님

유불선기독교의 하나님

종교종파초월의 하나님

정오정착의 하나님

실체의 하나님

각자 메시아의 하나님

귀신이 신이 되는 하나님

신이 귀신이 되는 하나님

참아버님의 하나님

참어머님의 하나님

하늘땅이 하나 되어 완성되었도다

하늘땅이 하나 되어 완성되었도다.
하늘땅이 하나 되어 완성되었도다.
천인합일(天人合一), 인지합일(人地合一)
천지인합일(天地人合一)
인중천지일(人中天地一)
합일(合一)의 천지여, 통일(統一)의 천지여
시공간은 스스로에게 매이지 않아도 되네.
인간은 스스로에게 매이지 않아도 되네.

심정의 하나님은 문(moon)의 하나님
심정의 하나님은 선(sun)의 하나님
낮의 하나님
밤의 하나님
일면불(日面佛)
월면불(月面佛)
아! 달의 하나님
아! 해의 하나님

심정의 하나님이 대한민국에서 완성됨은
수천 년 동안 침략만 당했던 천손족

평화를 사랑하는 민족
지구의 자궁(子宮)에서
사람의 아들, 인자(人子)가 용솟음쳐
하늘에 오른 것
하나님의 아들로서의 사람의 아들
재림주, 미륵불
산천의 정기를 받아 태어났다가
다시 산천으로 돌아가네.

산천의 심정을 하늘에 묶고
하늘과 담판한 씨름 끝에
하늘을 움켜쥔 메시아

가장 여인다운 나라의 아담

가장 여인다운 나라의
남자다운 첫 남자 아담
가장 여인다운 나라의
여자다운 끝 여자 해와
해방된 아담과 해와
수많은 탕감으로
하나님께 복귀되네.

예부터 참(眞)의 나라
진단(震檀)의 나라에
참부모, 참사랑, 참생명
참하나님이 완성되었네.
이름은 통일교
내용은 심정의 하나님
참사랑, 참평화

사랑과 평화의 기운(氣運) 위에
통일교의 깃발과 수레
쉼 없이 굴러가네.
숨어있는 기운의 드러남이여!

하나님의 가호여!

가장 높은 곳의 플러스 전기가
가장 낮은 곳의 마이너스 전기에 전율함에
메시아, 구세주, 재림주, 참부모
아! 참스승, 참하나님!

그 사명(使命)이 끝나는 날
그 천명(天命)이 끝나는 날
하늘의 마지막 수컷이 되었네.
하늘의 마지막 신랑이 되었네.

사랑의 하나님, 눈물의 하나님

사랑의 하나님
눈물의 하나님
눈물의 기도는 임종의 날에도
멈추질 않았네.

재림 메시아
제 3 아담
성약의 하나님
실체적 하나님
실체적 노정, 천일국 실체
실체기대, 실체적 3위1체
실체헌제, 실체부활
천지인참부모 정착 실체말씀
실체주관, 하나님의 실체
실체를 바탕으로 한
절대신앙, 절대사랑,
절대복종, 절대순결

하늘로 돌아가리.
하늘의 주인이 되리.

땅이 세운 하늘은 심정에 있네.

땅이 세운 하늘은 평화로 있네.

땅이 세운 하늘은 무너지지 않네.

성공한 아담

성공한 예수

마지막 훈독회에선

원형이정(元亨利貞)에 대해 말씀하셨네.

세상의 돌고 도는 이치

자연의 돌도 도는 지혜

주역(周易)의 원리로 말씀하셨네.

자연의 순리에 대해 말씀하셨네.

역사적으로 승리하시고

자연으로 돌아가셨네.

음양으로 깨달으시고

동서고금으로 깨달으셨네.

동서고금으로 주유하시고

동서고금으로 승리하셨네.

복(復), 복(復), 복귀(復歸)로다.

진정한 복귀로다.

참아버님의 마지막 기도

참아버님의 마지막 기도
아! 눈물의 기도
완성의 보고기도
하나님의 한을 풀어주는 기도
하나님 아버지에게 증정되었네.
천사들도 찬송과 함께 승리승천을 축하했네.

"오늘 최종적인
완성의 완결을
아버지 앞에
돌려드렸사오니
지금까지 한 생을
아버지 앞에 바친 줄 알고
있사오니
그 뜻대로 이제는
모든 생을
종료하는 시간을
정성을 드려
종료하는 시간을
갖추어

종족의 메시아가

국가를 대표할 수 있는

이름을 이루어 가지고

그 일을

다 이루었다.

다 이루었다. 아, 주!"[1]

아! 세계의 마지막 수컷,

내성외왕(內聖外王)이 누웠도다.

모든 암컷들이 경배하는 수컷이 누웠도다.

수컷 중의 수컷, 수컷의 왕

만물이 그 앞에서 암컷이 되고 마는 왕

왕이 누웠도다.

"천일국진성덕황제(天一國眞聖德皇帝)"

"억조창생만승군황(億兆蒼生萬勝君皇)"

세계를 총체적인, 끊어지지 않는,

연속의 하나로 볼 수 있는

진정한 일(一)은 무엇일까.

진정한 일(一)은 수평이다.

진정한 일(一)은 수직이 아니다.

---

1) 참아버님 마지막 기도(천기 3년, 6월 26일, 양력 2012년 8월 13일).

일(一)자를 보라. 수평으로 누워있지 않는가.

수직)의 일(1)은 일(一)을 세웠다가

이제 영원히 누웠도다. 영원처럼 누웠도다.

기(氣)란 무엇인가

기(氣)란 무엇인가.
결코 대상목적이 될 수 없는 에너지
존재 그 자체, 존재 그 자체로 누웠도다.
진정한 일(一)은 기(氣)에서 실현된다.
진정한 기(氣)는 이승과 저승이 따로 없네.
진정한 기(氣)는 천국과 지옥이 따로 없네.
지상천국, 천상천국의 꿈이여!
진정한 기(氣)는 이제 영계에서 활동하네.

이(理)는 초월의 일(一).
심정(心情)으로 통하지 않으면
진짜의 일(一)이 아니네.
기(氣)는 진짜의 일.
기(氣)는 제자리에서 하나가 되네.
일기(一氣)의 세계여!
일성(一聲)의 세계여!

빛보다 빠른 속도로 달릴 필요도 없네.
사이 간(間)이 있는 것은 하나가 아니네.
시간(時間)과 공간(空間)도 하나가 아니네.

사이가 있는 것은 이미 둘이네.

둘이 되면 이미 왕래를 하여야 하네.

왕래하지 않는 묘(妙)여!

왕래하지 않는 현묘(玄妙)여!

기(氣)는 이미 제자리에 있네.

가장 빨리 움직이는 변화이면서

전혀 움직이지 않는 불변의 기(氣)

기(氣)는 세상이 있는 그 자체

결코 잡을 수 없는 세계

결코 가질 수 없는 에너지

그래서 잡아서 쓸 수밖에 없는 세계

불연기연(不然其然)의 세계

기(氣)는 만물을 떠받치는

보이지 않는 그릇처럼 존재하네.

어머니의 자궁과 같은

우주의 자궁, 일반성(一般性, 一盤性)

이제 세계는 걸어서 가지 않으리.

이제 세계는 누워서, 제자리서 가리다.

이제 세계는 여성시대, 평화의 시대로 돌아가리.

🌙 천지인 참아버님은

천지인 참아버님은
천기 3년 천력 7월 17일
양력 2012년 9월 3일
새벽 1시 54분
천정궁(天正宮)에서 성화(聖和)하셨네[1].

창조의 원리 중 가장 중요한 수는 12수
존재하고 발달하는 모든 존재는
반드시 사위기대를 이루어야 하기 때문에
12수는 존재의 핵심수
2012년의 12는
사위기대의 각 위치가
삼대상을 이룸으로 삼대상 목적을 이루는 수
월 9에 일의 3을 더하면 12가 되네.
달과 일을 더한 숫자 12에 년의 12를 곱하면
144수(12×12), 재림주의 책임을 완수한 수

이를 천력으로 보면

---

1) 성화식(장례식)은 2012년 9월 3일부터 13일장으로 치러졌다.

천기 3년 천력 7월 17

이 역시 21수, 7수, 12수를 완성한 것

월(7)과 일(17)의 수를 더하면 24가 되고

24는 12에 2를 곱한 수

천기 3년을 7월로 곱하면 21수가 되네.

7수는 창조의 전 과정을 의미하며

3단계의 성장기간 중 각 단계가

7년임을 의미하네.

아담이 완성에 도달하기 위해서는

12수가 중요하네.

사위기대가 각위는 3단계의 성장기간을 갖는 때문.

성장기간 3단계의 각 기간이

다시 각각 3단계로 구분되면

모두 9단계가 되네.

9수의 원리적 근거는 여기에 있네.

창조원리 중 두 번째 중요한 수는

10수이네. 10수는

간접주관권의 9단계를 거쳐

직접주관권인 10번째 단계에 도달하여

하나님과 하나 됨을 의미하네.

10은 귀일수(歸一數)

성화 시간은 1시 54분

이 세수(1+ 5+ 4)를 더하면 10이네.

10수는 9단계의 성장기간을 거쳐

간접주관권을 넘어

직접주관권으로 들어가서

하나님과 하나 되는 수.

144수의 의미는

모세가 12지파를 거느렸고

다시 각 지파가 12지파를 거느렸으니 144(12×12)

144수에 맞는 신도를 거느려야 하네.

하늘 수 3과 땅 수 4를

더하면 7수이고, 곱하면 12수이네.

소생 7수, 장성 7수, 완성기간 7을 더하면

21수가 되네.

10수에 4수를 곱한

40수가 성장 완성수

사위기대가 각각 40수를

복귀탕감 기간으로 세우니 160수(40×40)

참아버님은 기원절을 172일 남겨두고 성화하셨네.

172는 탕감기간 수(160)와

창조원리 중 가장 중요한 수(12)의 합이네.

160수는 타락한 인간이 이뤄야 하는 탕감노정

영계에 계신 참아버님과 육계에 계신 참어머님이

영계에 계신 참아버님과
육계에 계신 참어머님이
기원절에 하나님의 결혼식을 완성하시고
같은 날 마지막 단계의 축복을
모든 축복가정들에게 줄 것이네.
인류는 이제 모두 축복가정
모시면 축복가정
안 모시면 버림가정

영계의 아버지 하나님
육계의 어머니 하나님
남녀 음양의 하나님이 하나 되니
그 모습만으로도
약속은 완성되었도다.
사랑의 철옹성
사방이 열려있는 철옹성이로다.

이제 육은 영과 싸우지 않으리라.
이제 영은 육과 싸우지 않으리라.
모두 한 곳에서 나왔으나

이름이 다를 뿐
낮의 하나님, 밤의 하나님
낮과 밤이 하나 되니
그냥 자연(自然)이로구나.

영혼은 지구촌 전체에 울려 퍼져
율려(律呂)를 형성(形聲)하고
영혼은 우주 삼라만상에 울려 퍼져
율려로 메아리치고
영혼은 각자의 마음에 울려 퍼져
울음바다를 이루네.

율려의 소리는 성도들의 몸에 퍼져
울음바다를 이루네.
성스러운 눈물이여!
온몸을 전율케 하는 눈물이여!
온몸, 세포 구석구석에서 울려나오는
소리, 그 소리, 그 말씀!
할렐루야! 아! 주!
하나님! 아! 주!

세계 194개국 300만 성도들
구름처럼 몰려들어

눈물바다, 울음바다가 되었네.
아! 넘치는 그 사랑
아! 넘치는 그 말씀
이제 그 말씀 누가 할 것이며
이제 그 사랑 누가 할 것인가.
망연자실(茫然自失) 성도들
세계에서 몰려드는 열성 신도들
공항을 마비시켰네.

성화식이 거행됐네

2012년 9월 15일 오전 10시
성화식이 거행됐네.
성화식이 거행된 청심평화월드센터는
눈물과 기도로 밤을 지새웠네.
눈물과 기도의 바다를 이루었네.

성화란 영원의 세계에서
영적인 존재로 태어나는 새로운 탄생
하나님께서 마련한 본체의 세계
완전무결한 세계로 돌아가는 것
태아가 양수 속에서 10개월 있듯이
육신이 공기 속에서 100년 살듯이
영인체는 사랑 속에서 영원을 살아가네.

2012년 9월 15일 오후
성화식에 이어 원전식(元殿式)이 거행됐네.
원전식은 육신이 본전으로 자리 잡는 의식
원전이란 본향의 땅으로
육신의 본향으로 돌아가는 것을 의미하네.
원전식후 3일 예배에서 부활의식 추도예배가 있었네.

아, 육신의 아버지 하나님은 하늘나라로 가셨네.

아, 실체의 아버지 하나님은 하늘나라로 가셨네.

아, 정오정착의 아버지 하나님은 하늘나라로 가셨네.

평생 사랑으로 가득 차 눈물로 지새운

참아버님!

아직도 미처 못다 준 사랑으로 가득 차

영계에서 내려다보시고 계신

참아버님!

지상에 남은 모든 일들일랑

참어머님에게 맡기고

하늘나라로 가셨네.

지상에선 이제 참어머님 시대가 시작되었네

지상에선 이제 참어머님 시대가 시작되었네.
가정연합은 진작에 새 옷을 갈아입었네.
인류의 진정한 평화는 여성에 의해 달성될 것이네.
한반도에서 벌어지는 여성시대의 수레바퀴여!
정치와 종교의 두 수레바퀴여!

후천개벽시대는 여성이 운세를 결정하는 시대
후천개벽시대는 여성이 앞장서고 호령하는 시대
남자보다 강한 외유내강의 여장부(女丈夫)여!
상선약수(上善若水)여!
수승화강(水昇火降)이여!

1960~1961년을 전후로
한반도에는 국가종교와 종교국가가 동시에
출범하는 시대적 사명에 있었네.
2012~2013년을 전후로도
여성지도자에 의해 완성되는 사명에 있었네.

6.25를 기점으로 61년만의 일
한 갑자의 일, 회갑의 일

통일의 날도 멀지 않았구나!
두 여성이 지상에서 하나로 받드니
통일의 날도 멀지 않았구나!
참아버님께서 영계에서 보살피니
통일의 날도 멀지 않았구나!

남자는 진남자(眞男子)
여자는 진여자(眞女子)가 되어야 하네.
진여자는 진여자(眞如子)
옛날에는 꽉 찬 것이 중심이고
비어 있는 것이 주변이더니
이제는 비어 있는 것이 중심이고
꽉 찬 것은 주변이네.

동양의 비어있음이여! 여자의 비어있음이여!

동양의 비어있음이여!
여자의 비어있음이여!
서양의 꽉 차있음이여!
남자의 꽉 차 있음이여!
허허실실(虛虛實實)이로다.
여자가 우주의 중심이 되니
가짜의 하늘이 물러가고
진짜의 하늘이 등장하네.

참아버님, 참어머님, 참부모님
한 분이 두 분이고
두 분이 한 분이시니
세계는 원시반본하고
세계는 탕감복귀하고
세계는 전쟁에서 평화로
세계는 권력과 전쟁의 시대에서
사랑과 평화의 시대로 나아가네.

이제 하늘은 땅과 더욱더 가까워지리다.
이제 하늘은 우리와 더욱더 가까워지리다.

이제 하늘은 어머니와 더욱더 가까워지리다.
어머니의 정성은 하늘을 받들고도 남음이 있도다.

우린 이제 각자 하나님
우린 이제 각자 메시아
우린 이제 각자 구세주
우리 모두 하나님을 대신하고
우리 모두 메시아를 대신하고
우리 모두 구세주를 대신하여야 하네.

일즉일체(一卽一切), 일체즉일(一切卽一)
색즉시공(色卽是空), 공즉시색(空卽是色)
삼위기대(三位基臺), 사위기대(四位基臺)
삼사성환오칠일묘연(三四成環五七一妙然)
세계는 하나로다! 하나로다!
하나는 세계로다! 세계로다!

만왕만래(萬往萬來) 용변부동본(用變不動本)
본심본태양(本心本太陽)
앙명인중천지일(昂明人中天地一)
일종무종일(一終無終一)
일시무시일(一始無始一)
이성성상(二性性相) 참부모님

보라, 삶에 시작과 끝이 있었지만

죽음에 시작과 끝이 없네.

영계는 영원하네.

영원한 것은 무소부재(無所不在)하네.

무소부재하니 항상 가슴 속에 있고

무소부재하니 항상 파동치고 있도다.

무소부재하니 항상 없는 곳이 없고

무소부재하니 항상 바라보고 있도다.

무소부재하니 항상 소리처럼 숨어있도다.

무소부재하니 불현듯 바람처럼 일어나도다.

🌙 율려여! 소리여!

율려여! 소리여!
하늘이 아! 하면
땅은 어! 하네.
하늘이 오! 하면
땅은 우! 하네.
하늘이 으! 하면
땅은 이! 하네.
인간은 늘 일! 하네.
알, 얼, 올, 울, 을, 일

알=육체, 얼=정신
올=시간, 울=공간,
을=대상, 일=인간
인간은 '일'을 한다고 '인간'이라네.
사람의 아들이 신이 되었네.
사람의 아들이 메시아가 되었네.
사람의 아들이 재림주가 되었네.
사람의 아들이 구세주가 되었네.
사람의 아들이 참부모가 되었네.

참으로 밤낮없이 일하신 님이시여!

참으로 지구가 좁다고 일하신 님이시여!

참으로 만물의 네트워크를 새로 깔아준 님이시여!

참으로 여성과 만물과 사탄을 해방한 님이시여!

참으로 아담을 세 번째 실현한 님이시여!

날마다 탕감복귀, 책임분담의 님이시여!

스스로 책임짐이 하늘과 땅을 뒤덮은 님이시여!

참으로 평화의 왕이 되기 위해 준비된 님이시여!

이제 평안히 잠드소서!

이제 평안히 잠드소서!

평화가 만물에 깃들지어다.

천상영계와 지상육계가 천지합일되어

나누어지지 않았던 곳으로 돌아가리.

이제 하늘, 땅, 사람은 나누어지지 않으리.

이제 하늘, 땅, 사람은 심정으로 하나이네.

심정의 하나님, 사랑의 하나님, 평화의 하나님

심정의 하나님
사랑의 하나님
평화의 하나님
다가오는 2013년 1월 13일
기원절(基元節)을 172일 남기고
기원절의 승리를 위해 성화하셨네.

한국이 세계의 기원이 되니
여성시대가 도래하네.
천지의 모든 짐을 내려놓으시고 영면하셨네.
이제 영계에서 하나님과 함께 살아계시네.
이제 영계에서 지상을 내려 보시며 마무리하시네.

세계는 갈라졌지만
하나도, 한 순간도 갈라진 적이 없네.
세계는 싸우지만
한 순간도 사랑하지 않은 적이 없네.
세계는 울었지만
한 순간도 기뻐하지 않은 적이 없네.

슬퍼하지 말라.

눈물 흘리지 말라.

날마다 기쁨의 날이리니.

기뻐하라.

노래하라.

춤추어라.

고집멸도(苦集滅道)

상락아정(常樂雅淨)

나무아미타불

관세음보살

천지인참부모

하늘참부모

지상천국(地上天國)

천상천국(天上天國)

"천일국진성덕황제(天一國眞聖德皇帝)"

"억조창생만승군황(億兆蒼生萬勝君皇)"

하늘의 천사들과 억조창생은 노래하리라.

사탄은 이미 굴복하였도다.

할렐루야! 아! 주!

🌙 아! 지상천국이 천상천국이로다

아! 지상천국이 천상천국이로다.
여자가 하늘이 되니
하나님이 실체가 되도다.
여자가 하늘이 되니
상징이 실체가 되도다.
상천(象天)하는 자들이 법지(法地)하도다.
상천(上天)하는 자들이 법지(法知)하도다.

미래에 있던 메시아가 현재가 되니
미래에 있던 메시아가 실체가 되니
시간이 없어지도다.
과거에 있던 메시아가 현재가 되니
과거에 있던 메시아가 현재가 되니
공간이 없어지도다.

어디로 가고 어디서 오고하는 것들이
제자리에서 꿈을 이루도다.
제자리에서 해탈하도다.
제자리에서 깨달음을 얻도다.
제자리에서 천국을 맞도다.

제자리에서 부활을 맞도다.

이 모두 여인이 제자리를 찾았기 때문에
벌어지는 지상의 잔치로다.
남자들이 세운 수많은 궁전들은 어디 갔는가.
남자들이 세운 수많은 말들은 어디 갔는가.
남자들이 세운 수많은 국가들은 어디 갔는가.
아! 보잘것없는 여자들의 자궁보다 못한 것을!

남자들의 머리, 여자들의 자궁

남자들의 머리는 추풍낙엽이로다.
남자들의 무기는 휴지쪽지로다.
남자들의 머리는 텅 빈 계산서로다.
남자들의 업적은 먼지를 날리도다.
남자들이 세운 휘황찬란한 궁전들은 무슨 의미인가.
남자들은 진정 어머니 품으로 돌아오도다.

궁전은 자궁이로다.
꿈은 자궁이로다.
시간은 자궁이로다.
공간은 자궁이로다.
시공간은 점이로다.
만물은 흘러가도다.

궁(宮)은 공(空)이로다.
공(空)은 궁(穹)이로다.
자궁은 공이로다.
자궁은 궁이로다.
하늘은 땅이고
땅은 하늘이로다.

하늘은 창궁(蒼穹)이로다.

하늘은 궁혈(宮穴)이로다.

하늘이 이제 땅에 누웠도다.

땅을 밟던 이들이

하늘을 서성이도다.

하늘과 땅이 하나 되었도다.

하늘, 하늘 하던 것들이

이제 땅, 땅 하도다.

알, 아들 하던 외침이

이제 달, 딸 하도다.

하루아침에 상전벽해가 되니

하루아침에 하늘은 바다가 되도다.

천성경, 평화경, 참부모경

세계평화통일가정연합
그 이름도 범상치 않네.
통일을 중심으로 양쪽에서 다가가네.
세계, 평화, 통일, 가정, 연합
세계는 이미 주어져 있는 것
통일보다는 평화가 중요하네.
통일이 되지 않아도 평화로우면 되네.
통일도 중요하지만 평화가 더 중요하네.
그래서 통일이 되어도 평화통일이 되어야 하네.

통일은 가정에 앞서 있지만
하나의 가정을 위해 통일이 있네.
통일보다는 가정이 중요하네.
가정은 이미 달성된 평화로운 통일
세계는 하나의 가정, 세계일가(世界一家)
세계는 하나의 꽃, 세계일화(世界一花)
가정은 모든 실체 중의 실체
가정은 모든 출발 중의 출발
가정은 모든 사랑 중의 사랑

원리원본, 원리해설, 원리강론
천성경, 평화경, 참부모경
아! 주! 아! 주! 아! 주!
신통일한국안착, 신통일세계안착
한반도평화서밋, 천일국안착
아! 주! 아! 주! 아! 주!

3

평화의 어머니,
참어머니

🌙 내가 바라는 평생의 소원

하느님 아버지의 시대는 숨어들고
하느님 어머니의 시대가 돌아왔네.
독생자의 시대는 숨어들고
독생녀의 시대가 돌아왔네.

선천은 아버지와 남성의 시대
후천은 어머니와 여성의 시대
선천은 전쟁과 정복의 시대
후천은 평화와 평등의 시대

선천은 남성과 국가의 시대
후천은 여성과 가정의 시대
선천은 천지(天/地) 비(否)괘의 시대
후천은 지천(地/天) 태(泰)괘의 시대

후천개벽시대, 여성시대는
동방의 미인, 금수강산에서 빛을 발하네.
인류문명은 하천문명에서 지중해문명으로
대서양문명에서 태평양문명으로 중심이동을 했네.

아시아태평양시대의 중심은
한(韓)의 한반도(韓半島)
한은 하나, 하나는 하나님
하나님은 하나, 하나는 한

한(韓)씨 미인(美人)이 한반도를 구하네.
한(恨) 많은 여인이 한의 하나님이 되네.
한(恨) 많은 여인이 하나님 어머니가 되네.
한(恨) 많은 여인이 평화의 어머니가 되네.

기독교-대서양문명은 정복-이기적인 문명
태평양문명은 참사랑-이타적인 문명
참사랑은 하나님의 마지막 소원
참사람은 하나님의 마지막 기쁨

참사랑, 참생명, 참평화의 시대는
여성의 희생과 젖가슴에서 시작되네.
제 몸을 온통 자식에게 비치는 사랑의 화신
제 몸을 세계에 바치는 평화와 평등의 어머니여!

해의 신, 달의 신
낮의 하나님, 밤의 하나님
태양의 신, 북두칠성의 신
일면불(日面佛), 월면불(月面佛)

독립만세를 외친 한 여인

1919년 3월 1일 평안북도 안주(安州)
조원모 외할머니는 시장 한복판에서
가슴에 품었던 태극기를 펼치면서 외쳤네.
"대한독립만세!"

일제히 만세소리가 시장을 뒤덮었네.
이날 조(趙)외할머니의 만세 선창은
홍(洪)어머니에 이어지고 다시
한(韓)어머니, 참어머님, 독생녀에게 이어졌네.

여인 3대는 후천개벽 여성시대를 준비했네.
남성의 폭력에서 여성의 비폭력으로
전쟁에서 평화로 문명을 인도할 하늘의 절대지는
안주(安州) 땅에 평화의 어머니를 보냈네.

안주는 평안(平安)한 마을(州)
집(家)안에 참여인(女)이 있으니 평화롭도다.
세계국가(世界國家)에 평화의 어머니가 안주를 하니
태평성대(太平聖代)로다. 태평성대(泰平成大)로다.

🌙 달아 달아 밝은 달아

하나님의 본향 땅
달은 그리움을 샘솟게 하네.
구중궁궐이 아닌 초가삼간일지라도
부모님을 모시고 오순도순 살면 이보다 행복은 없으리.

달빛은 고향을 그리워하게 하고
100년 전 할머니의 만세소리 달빛 따라 들을 때면
일구월심(日久月深), 위하는 삶을 살 것을 다짐했네.
언제나 평화를 모든 일의 앞자리에 놓았네.

여수, 거문도를 다녀온 참아버님은
갑작스런 감기로 쇠약한 몸을 이끌고도
"이 일을 끝내고 가자"고 막무가내였네.
마치 임종을 예견이라도 한 듯 서둘렀네.

청평호수, 천원단지를 다 둘러보면서
마지막 던진 한 말, 마지막 기도!
"다 이루었다. 다 이루었다! 모든 것을 하늘 앞에 돌려드리겠다. 완
성, 완결, 완료하셨다."

하늘이 무너지고 땅이 흔들리던 그날
2012년 9월 3일 성화하시던 날! 아, 오늘도
천성산 위로 떠오르는 달을 보며 생각에 잠깁니다.
"천년만년 살고지고, 천년만년 살고지고"

🌙 산길, 들꽃들의 미소

남편이 성화한 후 아침저녁으로
본향원을 오르내리며 못 다한 이야기를 나눕니다.
오솔길 양옆 소나무 아래 들꽃들을 바라봅니다.
보아주는 사람 없어도 아침 햇살 아래 자태를 뽐냅니다.

들꽃보다 못한 솔로몬의 영광이여!
"초창기 교회로 돌아가 신령과 진리로서 교회를 부흥시키겠습니다."
"언제나 가고 싶고 머물고 싶은 보금자리, 따스한 어머니의 품과 같
은 교회가 나의 꿈입니다."

내 마음은 들꽃처럼 평화롭습니다.
세상 사람들이 들꽃처럼 아름답기를 바라고,
소나무처럼 굳은 심정을 지니기를 바라고,
묘의 잔디처럼 늘 푸르기를 바랍니다.

문총재가 성화한 3년 1,095일 동안
하루도 시묘(侍墓)를 거르지 않았습니다.
시묘는 보은의 시간이었습니다.
2015년엔 우리의 이름을 딴 '선학(鮮鶴)평화상'을 제정했습니다.

험한 세상의 다리, 선학평화상

통일교회 행사엔 비가 내리는 날이 많았네.
뉴욕 양키스타디움 대회, 잠실 36만 쌍 국제합동결혼식,
세계평화여성연합창립대회 날에도 비가 내렸다.
2015년 8월 첫 선학평화상 시상식 때도 그랬다.

사람들은 누구나 평화를 원합니다.
평화는 사람들의 땀과 눈물과 피를 요구합니다.
평화는 먼저 베풀되 보답을 잊어버리는 데 있습니다.
선학평화상은 남편과 나의 인류에 대한 선물입니다.

다양한 의상, 다양한 언어
다양한 인종, 다양한 종교
평화의 범위를 넓히는 것만이 선학평화상의 참뜻
평화는 인간을 너머 환경에까지 이르러야 합니다.

비록 우리가 만나지 못하는 후손
비록 우리가 만나지 못하는 세계를 위해
험한 세상의 다리가 되는 것이
선학평화상의 취지입니다.

첫 수상자 굽타박사는
물고기 양식으로 '청색혁명'을 이끈 사람
아노태 통 대통령은 바다생태계를 일깨운 사람
바다는 보물창고, 후천의 주제는 바다, 여성, 평화

후천시대의 참어머니는 평화의 어머니!
어머니만이 진정한 평화를 이룰 수 있네.
인류의 눈물을 닦아주는 어머니
하나님의 한을 풀어주는 독생녀

🌙 선학평화상은 후천의 노벨상

2017년 2월 둘째 선학평화상 수상자
검은 히잡을 쓴 사키나 야쿠비 박사
중동의 평범한 주부로 보이지만
아침에 일어나면 저녁까지 살지 알 수 없는
난민촌에서 20년간 헌신한 '아프간 교육의 어머니'

선학평화상은 노벨상보다 더 평화에 집중하는 상
한국전쟁의 잿더미에서 피어난 장미꽃 같은 평화상
아프간은 한국을 롤모델로 다시 일어나야 하네.
지노 스트라다박사는 중동과 아프리카 난민
800만 명에게 의료구호를 펼친 인도주의자

아프리카의 눈물을 닦아준 선학평화상
2019년 2월 세 번째 선학평화상 수상자
나이지리아 가난한 농가출신 아데시나 박사
"음식을 제공하고 기아와 영양실조를 없앴네."
선학평화상 상금 50만 달러를 월드헝거파이터스(World Hunger Fighters)에 기부했네.

와리스 디리는 의지의 아프리카여성

소말리아 유목민의 딸인 그녀는
5살 때 할례를 당하고 내전과 굶주림 속에서
어린 시절을 보냈지만 세계적인 슈퍼모델이 되었네.
아프리카 15개국에서 할례금지를 위한
'마푸토의정서' 비준을 이끌어냈네.

2012년엔 유엔에서 여성할례금지결의안을 통과시켰네.
3천 년 여성탄압과 폭력적 관습을 근절 시켰네.
여성할례는 여성을 심리적 불구로 만드는 악질관습
아프리카는 여성이 생활을 꾸리는 선량한 여성의 대륙
아프리카는 대지의 신앙이 숨 쉬는 검은 마리아의 대륙

아프리카여, 더 이상 아프지 마라

오늘도 뜨거운 햇볕이 내리쬐는 아프리카
그들의 삶은 자연을 닮아 지극히 선량하네.
서구제국에 의해 노예 대륙이 된 아프리카
그들의 슬픔과 고통은 언제 끝나려나.

아프리카여, 더 이상 아프지 마라.
검은 대륙 아프리카
검은 여인, 검은 슬픔
검은 피부, 붉은 피, 하얀 잇빨!

아프리카여, 더 이상 아프지 마라.
검은 눈동자, 하얀 눈자위
평화의 징검다리, 평화의 씨앗이 되리.
선학평화상은 평화의 아름드리나무로 자라리.

도시문명이 몰려오면서 고달파진 아프리카
노예로 팔려가고 고향을 잃어버렸지만
흑인영가(靈歌)로 슬픔과 고통을 달랬네.
세계에 아름다운 음악, 재즈를 선물했네.

🌙 나는 독생녀로 이 땅에 왔습니다

눈을 감으면 옥수수 밭을 휘감아 달리는 바람소리
광야를 달리는 수천수만 고구려 무사의 말발굽소리
깊은 산중턱 높은 가지 소쩍새 울음소리
여름밤 어머니 손을 잡고 잠을 청하던 소녀
평안남도 안주는 정든 고향 땅, 본향 땅

아버지 한승운(韓承運)은 몽시(夢示)를 받았네.
푸른 소나무 숲 햇살이 서기를 비칠 때
두 마리 학이 어울리는 꿈을 꾸었네.
한학자(韓鶴子) 참어머니의 이름은
학(鶴)의 기풍을 닮은 여장부로 지어졌네.

본관은 청주(淸州) 한씨(韓氏)
청주는 '맑은 고을'이라는 뜻
'한'자는 '하나님'을 상징하고
'하나' '크다', '전체'의 의미를 품고 있네.

'한'은 예로부터 '하나(one)' '많다(many)'
'같다(same)' '중간(middle)' '부정(about)'
'한(韓)' '한(恨)' '한(漢)' '칸(khan)'의 의미,

한, 하나, 하나님! 만물을 포용하고 있는 말.

한(韓)자를 해자(解字) 하면 천지창조와 종말구원,
말씀과 생사(生死)가 다 들어있네.
한(韓)자의 좌변은 일(日)자를 중심으로
우변은 구(口)자를 중심으로 구성되어있네.
일(日)자는 빛과 태양과 생명을 의미하고
구(口)자는 말씀과 입과 국가를 의미하네.

한(韓)자의 좌변의 일(日)자 위 십자가(十)는 천지창조를
한(韓)자의 좌변의 일(日)자 아래 십자가(十)는 천지개벽을
우변의 구(口, 韋)자 위 상형은 천지(二)의 죽음(死)을
우변의 구(口, 韋)자 아래 상형은 천지(二)의 삶(生)을 의미하네.

본래 문화의 화(化)자는 변화를 의미하네.
생사가 함께, 동시에 있는 것을 말하네.
화(化)자의 좌변은 산 사람(人)을
화(化)자의 우변은 죽음 사람(匕)을 의미하네.
한(韓)자는 우물(井)과 마을, 국가(囲)를 의미하네.

그 옛날 우물을 중심으로 마을을 만들고, 국가를 만들었다네.
그 옛날 여자와 우물을 중심으로 가족과 마을을 만들었다네.
본래 조(朝)자는 천지창조와 부활, 일월(日月)을 의미하네.

한(韓)이 땅이 되니 문(文)이 조선(朝鮮)의 선(鮮)을 잇고,
일월(日月)이 명(明)을 비추어 하늘나라(天一國)를 이루었네.

청주한씨의 시조는 고려 개국공신 한난(韓蘭)
그 시조의 33대가 한학자 참어머니
예수님은 33세에 십자가에 못 박혀 돌아갔네.
3이라는 숫자는 하늘땅사람 천리법도의 완성완결

우리조상, 동이족은 예부터
북두칠성을 중심삼고 천문을 헤아렸으며
일찍이 만주일대에서 농경문화를 일구고
하늘을 숭상하며 평화를 사랑한 천손족이었네.

예수 이후 2천여 년이 지난 뒤
하늘이 한민족을 택해 정주(定州), 안주(安州)에서
독생자, 독생녀를 세웠으니
세계를 구원하고 인류를 사랑할 천모(天謨)였네.

정주(定州)는 정주(定住)할 땅
안주(安州)는 안주(安住)할 땅
정주할 땅은 집을 세우는 땅
안주할 땅은 집을 안착한 땅.

🌙 암탉이 병아리를 품은 듯 정겨운 마을

내가 세상에 태어날 때
지구는 아름다운 별이 아니라
신음하는 별, 죽이고 죽이는 싸움터
인간이 서로 착취하는 불평등의 별이었네.

내가 세상에 태어난 곳은
평안남도 안주(安州) 땅 신의리(新義里)
새로운 도의(道義)를 품고 있었던 마을
지금은 칠성동(七星洞), 북두칠성의 마을

암탉이 병아리를 품은 듯 정겨운 동네
집 뒤로는 소나무와 밤나무가 무성했고
개나리, 진달래가 화창한 봄을 맞이하고
개울물소리와 새소리가 어우러졌던 곳

늦여름 옥수수가 노란 이빨을 드러낼 때면
옥수수를 오순도순 나눠 먹던 정겨운 마을
어머니가 노란알맹이를 내 입에 넣어주면
입안에서 알맹이들은 이리저리 굴러다녔죠.

🌙 달래강 전설

평안도는 평양과 안주의 앞 글자를 딴 곳
정주(定州)에서 청천강을 건너면 안주(安州)
문총재가 태어난 정주는 하늘이 정한 마을
제가 태어난 안주는 평안(平安)한 마을

나의 아버지 한승운은 안주에서 태어났고
나의 어머니 홍순애는 정주에서 태어났죠.
문총재와 어머니는 같은 정주 출신
정주와 안주는 궁합이 맞는 마을

옛 전설에 달래강 돌다리 장승표석이 묻히면
조선 땅에 나라가 송두리째 없어지고
다시 드러나는 날에는 신천지가 펼쳐진다고 했네.
외증조할아버지 조한준은 전 재산을 털어 돌다리를 놓았네.

어느 날 신선이 나타나 말하기를 "한준아, 네 공이 크구나. 그래서 너희 가문에 천자를 보내려했는데 남겨 놓은 엽전 세 푼이 하늘에 걸려 공주를 보내겠노라." 했네. 꿈에서 깨어나 달려가 보니 돌미륵불이 하나 생겼네.

조한준, 조원모, 홍순애, 한학자
한반도에 독생녀를 탄생케 하기 위해
하늘의 섭리는 조한조 할아버지로부터
면면히 이어졌네. 미륵불로 환생했네.

🌙 하나님은 너의 아버지

"곱기도 해라. 우리 주님의 귀한 따님"
어린 나에게 어머니는 항상 말씀했어요.
외할머니 역시 내 눈을 들여다보며 말씀했어요.
"하나님이 너의 아버지시다"

하나님은 나의 선천적인 부모
외할머니와 어머니는 하늘심정, 천정(天情)으로
내 삶을 일거수일투족 돌보아주셨네.
기도와 정성으로 돌탑을 쌓듯 키워주셨네.

하루에도 몇 번씩 푸른 하늘을 올려다보면
고운 학 서너 마리가 푸른 하늘을 날아갔어요.
태어날 때도 '랄라랄라' 노래를 했데요.
사탄은 어릴 때부터 나를 없애려고 호통을 쳤어요.

"이 아기를 그대로 두면 장차 세상이 위험해진다. 지금 이 아기를 없애야 한다." 어머니는 나를 꼭 껴안고 항거했어요. "사탄아, 썩 물러가라! 이 딸이 하늘 앞에 얼마나 소중한 아이인데. 네가 감히 해하려 하느냐!"

태어나자 사탄이 해하려는 이유는 무얼까.
주님을 위해 깨끗하고 아름답게 길러져야 할 몸
어머니의 꿈에 나타난 천사가 말했다.
"아기는 주님의 딸이고 너는 유모와 같다."

나는 신의리 외가에서 태어나 줄곧 그곳에서 자랐네.
어머니는 외할머니를 따라 장로교신앙을 이어받았네.
북한 공산당의 만행과 탄압 속에서도 당시 평양은
동양의 예루살렘답게 재림 메시아신앙으로 가득찼네.

성경에 재림주님은 '구름을 타고 온다.' 했지만
평양의 신령집단은 "육신을 쓰고 오신다."고 믿었네.
어머니는 충실한 메시아 집안으로 사명을 다했네.
끝내 남한으로 월남하자는 아버지와 이별하고 말았네.

"너의 아버지는 하나님이시다."
이 말은 나의 절대진리였어요.
나의 진정한 아버지는 하나님이라고 굳게 믿었네.
홀외할머니와 홀어미니는 '참어머니'를 준비했어요.

선민의 나라, 독생녀

후천개벽시대, 하나님이 독생녀를 보내기까지
한민족은 5천 년의 희생과 탕감조건이 필요했네.
기독교를 중심으로 3대의 심정적 계대가 필요했네.
평화의 어머니의 탄생은 하늘과 땅의 조화의 결실

1939년 가을에 시작된 제 2차 세계대전은
시간이 흐를수록 격화되어 유럽을 피로 물들였고,
1940년이 되자 유럽의 대부분은 히틀러에 짓밟혔네.
영국마저도 독일의 공습으로 편할 날이 없었네.

식민지 한국은 더욱 처참했고, 백성은 굶주렸네 .
한글을 쓰지 못한 한민족은 창씨개명에 몰렸네.
1940년 중경에서 대한민국임시정부와 광복군이 서고
1941년 하와이 호놀룰루에서 한족(韓族)대회가 열렸네.

독일은 소련영토를, 일본은 하와이 진주만을 습격했네.
세계대전 중에도 독생녀 탄생을 위한 역사가 이뤄졌네.
조원모 외할머니가 23년 전 홍순애 어머니를 업고
독립만세를 외친 것도, 독실한 신앙도 그 준비였네.

삼팔선, 이승과 저승의 고빗길

외할아버지는 평양이 '에덴궁'이라며 북한에 남았네.
외할머니는 외삼촌을 보고 싶은 마음이 굴떡같았네.
"너는 하나님의 참된 딸"이라며 나를 지키고자 했네.
외할머니와 어머니는 공산당을 피해 삼팔선을 넘었네.

삼팔선이 분단선이 되고, 이승저승의 고비길이 되었네.
1948년 가을 어머니는 나를 업고 안주를 떠났네.
삼팔선 부근에서 북한인민군에게 덜컥 잡혔으나
천우신조로 고향으로 돌아가라고 풀어주어 살았네.

한 많은 삼팔선이 이승저승, 천국지옥의 선이 되었네.
그 후 6.25는 외할아버지와 영영 이별하게 만들었네.
독생녀를 보호하기 위한 하늘의 섭리는 다 말할 수 없네.
독생자, 독생녀를 함께 보호해야 천지참부모를 이룰 수 있었네.

희생의 참뜻 가슴에 품고

어머니의 통일교 입교는 1955년 12월 15일
춘천통일교에서 그 작은 첫 걸음을 뗴었네.
이듬해 14세에 청파동교회에서 문총재를 처음 만났네.
문총재는 놀랐네. "이렇게 예쁜 딸이 있었나?"

문총재는 명상에 잠겼다가 내 이름을 불렀다.
"한학자가 한국 땅에 태어났다." 세 번이나 되뇌었다.
혼잣말로 되뇌었다. "한학자라는, 이렇게 훌륭한 여성을 한국에 보내
주셨군요. 감사합니다."

"한학자, 앞으로 희생해야지!"
나는 춘천으로 돌아오는 내내 '희생'을 떠올렸다.
그 후 희생은 내 마음의 화두처럼 각인되었다.
희생은 평화의 어머니로 살아갈 또 다른 이름이었다.

🌙 하나님이 곧 찾아오시리라

조원모 외할머니는 기회가 되면 항상 되뇌었다.
"하나님이 너의 아버지시다."
"엄마는 유모와 같다. 너를 하나님의 딸로 키울 뿐이다."
하늘의 독생녀로서 독생자를 만날 준비가 되어있었네.

『성자성녀전(聖者聖女傳)』을 읽으며 마음을 다졌고,
펄벅의 『대지(大地)』를 읽으면서 인간의 삶을,
자연과 운명에 맞서는 인간이지만 끝내는
자연의 품으로 돌아감을 뼈저리게 느꼈네.

자연으로 상징되는 하나님의 품을
결코 벗어날 수 없는 것이 인간임을 깨달았네.
고향을 사랑하는 마음은 하나님과 함께 하고픈 마음
세상과 완전히 격리되어 수녀처럼 정결하게 생활했네.

"나는 하나님을 위해 무엇을 희생할 것인가?"
이 물음은 내 삶을 송두리째 바꿔가고 있었네.
1959년 성요셉간호학교에 입학했네. 희생봉사를 위해
하나님을 해원하고, 역사사슬에서 자유롭게 해드리려.
하나님은 결코 군림하는 자리에서 만날 수 없습니다.

어렵고 힘든 사람을 위해 일하는 자리에 찾아옵니다.

더욱 낮은 자리에서 하나님의 뜻과 한을 새길 때에,

하나님은 나를 찾아오시리라는 것을 이미 알았습니다.

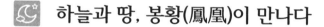 # 하늘과 땅, 봉황(鳳凰)이 만나다

1959년 가을, 문총재의 성혼이 준비될 무렵
원로식구 한 사람이 문총재에게 꿈 얘기를 했네.
"하늘에 수많은 학 떼가 날아오는데 쫓으면 날아오고, 쫓으면 날아오고 또 날아와 문총재를 덮었습니다."
당시 문총재와 성혼하고픈 처자는 많았다.

원로식구는 확신에 차서 말했다.
"제 꿈은 신부의 이름에 학(鶴)자가 들어가야 한다는 하늘의 뜻이라고 생각합니다."
어머니도 몽시를 꾸었습니다.
"봉황 한 마리가 하늘에서 내려오고 또 한 마리는 땅에서 올라가 만났는데, 하늘 봉황이 문총재였습니다."

하루는 새벽 냉수욕을 한 어머니가 맹세문을 읽다가 하늘의 소리를 들었네.
"하늘에서 내려온 봉황은 참아버지를 상징하는 것이고, 땅에서 올라간 봉황은 참어머니를 상징하는 것이니라."

나는 16세가 되어 유달리 성숙하여 사람들의 눈길을 끌었네.
"학자는 고요함과 정숙함이 꼭 그 이름처럼 학을 보는 것 같아."

나는 순종과 복종의 미덕으로 군계일학(群鷄一鶴)이었네.

문총재는 '위하는 마음'을 가진 여성을 찾았네.

문총재는 한동안 하늘신부를 찾지 못하고 있었지만

나는 하늘의 뜻을 깨달았지만 말을 못했네.

나만이 하늘의 신부

'오 집사'가 기도 가운데 계시를 받았어요.
"하와가 16세에 타락했기 때문에 신부는 20세 이전이어야 한다."
'오 집사'는 7년 동안 참어머니를 맞으려고 기도한 분.
노량진 버스를 타고 한강 다리를 넘을 때 하늘의 소리가 들렸다.

"학자가 된다!" "학자가 된다!"
"음력 1월 6일 43년생, 선생님과 한날"
"이 분들 나이 차이는 많으니 천생배필입니다."
"하늘의 사주입니다." 역술인들은 말했다.

'오 집사'는 문총재에게 이 사실을 알렸으나 문총재는 아무런 대답이
없었다.
신부후보자들이 줄을 섰기 때문입니다.
그러나 나는 걱정을 하지 않았습니다.
독생자는 독생녀와 혼인을 해야 했기 때문이죠.

기숙사 창문을 통해 바라보는 하늘에서
음성과 계시가 물결처럼 쏟아졌습니다.
"때가 가까웠느니라!"
어느 날 버스를 타고 한강을 건너 집에 도착하니

"교회에서 기별이 왔다. 급히 들르라는 전갈이다."

"그 날이 가까웠으니 준비하라."
하늘의 엄한 훈령(訓令), 나는 완전한 무아(無我)의 심정으로 기도를 올렸다.
'어린양 혼인잔치'라는 예감과 함께 "우주의 어머니 때가 이르렀다."는 음성이 징소리처럼 하늘에서 울렸다.
"나는 알파요, 오메가니. 창세 전부터 우주의 어머니를 기다려왔음이라."

1960년 2월 26일, 청파동교회 하늘신부를 결정하는 날
야곱의 요단강가 축복을 떠올리며 다짐했다.
"하늘이 자녀를 많이 두겠다."
"하나님이 축복한 하늘의 뭇별과 바다의 모래알같이 지상의 모든 인류를 선한 자녀로 태어나게 하겠다."

모리아산상에서 이삭이 자신이 하늘의 제물임을 깨닫고 하늘의 섭리에 순종했듯이 하늘신부가 될 것을 무아의 경지에서 받아들였다.
나는 문총재를 독생자로 맞이하여 하늘부모님의 뜻을 이뤄드리겠다고 결심했습니다.

하늘의 신부, 우주의 어머니
16세 한학자가 신부로 간택되다.

천지가 하나로 조응하니
하늘과 땅에 신천지를 약속했구나.

국가와 민족과 인종의 장벽을 넘어
크고 작은 강물을 포용하는 어머니,
바다와 같은 인자한 우주의 어머니,
평화의 어머니의 길고 긴 역정이 출발되다.

🌙 어린양 혼인잔치

예수님이 재림하실 때에 가장 먼저 할 일은
하늘 신부를 찾는 일
참부모가 되지 않고는
천주(天宙)의 한을 풀 수 없고
하나님의 승리터전을 닦을 수 없기 때문.

문총재와 통일교 식구의 온갖 시련은
1960년을 기점으로 희망으로 바뀌었네.
1960년 3월 27일(음력 3월 1일) 새벽 4시
문총재와 나의 역사적인 가약식(佳約式)이 있었네.

드디어 보름 후 1960년 4월 11일(음력 3월 16일)
아침 10시에 성혼식을 올렸네.
전국교회에서 선발된 700여명이 특별 참석했네.
흰 치마저고리에 긴 면사포를 쓴 나는
신랑의 팔짱을 끼고 성가 '사랑의 봄동산'에 맞춰 2층 계단에서 내려
왔습니다.

문총재는 성혼식 전날까지도 기성교단의 고발로
내무부에서 조사를 받았습니다.

굴욕적인 조사를 받고 밤 11시에 청파동으로 돌아왔네.
문총재와 나는 모든 아픔을 말끔히 잊고
담담한 마음으로 어린양 혼인잔치를 치렀네.

첫 번째 식은 서양식으로
두 번째 식은 한국식으로
전통 사모관대와 족두리에 활옷차림으로 치렀네.
아담과 하와가 이루지 못한
우주적 참부부, 참부모의 이상을 실현했네.

신혼여행은 물론 신혼의 단꿈조차 엄두를 내지 못했네.
하나님과 교회만을 생각하고
식구들과 어울려 노래와 춤을 추며
하나님께 영광을 돌려드리는 기쁨의 시간을 보냈네.
식구들의 요청에 못 이겨 '봄이 오면' 동요를 불렀네.

봄은 새로움의 계절
봄은 소망의 계절
봄은 생명이 약동하는 계절
통일가의 봄은 혼인잔치로부터 왔네.
참부모가정의 출발, 하나님 섭리사의 새로운 출발

성혼식은 하나님이 가장 기뻐하시는 날

'요한 계시록'에 마지막 날에 주님이 다시 오시면

어린양 혼인잔치를 한다는 구절이 있네.

"하나님께서 힘들게 걸어오신 탕감복귀역사를 당대에 청산하겠습니다."

"하나님의 이름으로 전개되는 종교적 분열은 하나님이 가장 가슴 아파하는 일입니다. 기필코 매듭짓겠습니다."

✹ 성가정의 출발

신혼방은 청파동 교회 뒤편의 허름하고 작은 방
나는 앞치마를 두르고 연탄가스 냄새 풍기는 부엌에서
남편을 위해 음식을 만들었네.
나는 13명의 자녀를 낳겠다고 결심했네.
잉태는 여신의 가장 고귀한 자랑스러운 일
옛 '풍요의 여신'과 '혈통의 자리'를 되찾는 후천의 사명

12는 동서남북 사방의 완성을 뜻하고
13은 그 중심자리에 해당하는 숫자
이는 하나님의 섭리를 위한 복잡한 혈통을
내 당대에서 한 혈통으로 복귀하고자 하는 일
첫째 예진을 낳은 후 연년생으로 아이를 낳았고
네 번의 제왕절개 수술로 하늘과의 약속을 지켰네.

절개수술을 위해 수술대에 오르는 것은 십자가의 고통
한 생명, 한 생명, 하나님을 위해 낳았습니다.
내가 생명을 걸고 낳은 자녀들이지만
내가 바라는 것은 부모로서 도와줄 수 없는,
하늘이 바라시는 각자의 소명과 책임을 다하는 일.
그래서 나는 오늘도 기도를 합니다.

나는 성혼 후 외박살이를 자처했습니다.
궁중비사처럼 모함으로 야기될 불상사를 막기 위해서.
나의 기도하고 인내하는 삶은 식구들을 감화시키고
바다 같은 마음과 깊은 신앙심은 식구들을 움직였네.
"놀라운 사랑을 내려주셔서 그 은혜가 너무 컸어요."

🌙 인내는 승리의 밑거름

문총재가 겪은 노정과 내가 살아온 길은
너무나 신비스럽게도 닮아있습니다.
사람들은 하나님께 독생녀로 인침 받은 나의 삶을
행복하고 부족함이 없는 삶이라 생각합니다.
그러나 세상 어떤 아내보다 고된 삶을 살았습니다.

14남매를 키우면서도 아이가 많다고 생각한 적은 없습니다.
그렇지만 세상의 편견은 나와 가족을 슬프게 했습니다.
나라 안에서는 문선명의 아들딸이라
나라 밖에서는 동양 사람이라 차별대우를 받았습니다.

우리 부부는 사랑과 헌신으로 아이들을 돌보았지만
세상과 세계의 일로 아이들은 아버지를 볼 기회가 적었습니다.
효진이는 아버지가 떠나면 혼자서 아버지 얼굴을 수도 없이 그리면서 날을 보냈고, 돌아올 때까지 그렸습니다.

만일 내가 기쁜 일만을 누렸다면
다른 사람의 깊은 내면을 볼 수 없었을 겁니다.
지옥의 제일 밑바닥까지, 온갖 쓴맛을 보았습니다.
하나님은 오직 나 스스로를 단련케 했습니다.
지치지 않는 신앙심, 굳센 의지, 인내만이 나를 지켰습니다.

전쟁과 갈등이 없는 세상

− 주마등처럼 지나간 일생을 회고하며

전쟁과 갈등이 없는 세상
하나님을 해원해드리기 위해
5대양, 6대주를 동분서주했습니다.
14명의 자식들도 아들딸 각각 7명씩 낳았습니다.

1954년 5월 1일 서울 성동구 북학동에서 출발한
'세계기독교통일신령협회'는 2014년 60주년 기념식을 가졌습니다.
통일교는 나의 성혼을 디딤돌 삼아 비약적인 발전을 했습니다.
1960년 여름 600명이 넘는 전도사와 식구들이
413개 마을을 돌아다니며 하나님 말씀을 전했습니다.

농촌근대화의 기치를 높이 든 농도원은
새마을운동의 시발점이 되었습니다.
원리말씀은 지구촌 끝까지 전해졌고
역사상 가장 짧은 시간에 세계종교로 우뚝 섰습니다.
하늘신부에서 우주어머니로, 독생녀로
평화의 어머니로 인류의 가슴속에 자리 잡았습니다.

통일교는 1963년 5월에야 정식으로 등록되었습니다.
기성교회의 반대와 청원이 빗발쳤기 때문입니다.

1970년대에 남북한 갈등은 심해졌고,

공산주의를 극복하면서 남북통일과 세계평화를 가져오는 일은 무엇보다 시급했습니다.

1980년대에는 종교화해를 위한 초교파운동과 남북통일을 향한 범국민운동을 이끌어갔습니다.

"지금은 통일교회를 이해하지 못한다 할지라도 우리민족 3천만이 통일교회와 함께 하는 날이 오면 이 나라 이 민족은 망하지 않을 것입니다."

1990년에는 고르바초프 소련대통령과 역사적 만남을 가졌고, 1991년에는 북한 김일성 주석을 만나 남북대화의 물꼬도 텄고, 북한선교의 발판을 마련했습니다.

2000년 이후에는 평화세계를 이루기 위해 유엔에까지 활동을 넓혔습니다.

190개가 넘는 나라에 통일교회가 생겨지고 지구촌의 통일교가 되었습니다.

2012년 9월 문선명 총재가 성화한 후에도
세계평화의 발걸음은 멈추지 않았습니다.
세계 인류를 위한 선물로 선학평화상이 제정되었고,
하나님을 한 부모로 모시고, 인류가 한 형제가 되는
참된 평화의 꿈은 영글고 있습니다.

🌙 지상에서의 마지막 순간

1980년대 초반 어느 날 전해진 한 장의 편지
"지상에서의 마지막 순간이 다가옵니다.
이 세상에서 마지막 드리는 인사입니다.
천상에서 뵙겠습니다. 부디 만수무강하옵소서."
인류의 참부모가 가는 길은 이토록 절박하고 억장이 무너지는 험난
한 길이었습니다.

감옥에서 선교사가 처형되기 전 써내려간 유서
나의 몸은 푸른 피가 도는 듯 삽시간에 굳었습니다.
눈물마저 얼어붙어 망부석이 되었습니다.
우리부부는 사랑하는 그들을 가슴에 묻어야 했습니다.
억장을 홀로 쓸어안고 속으로 통곡해야만 했습니다.

50여 년 전 우리부부는 '한국'보다 '세계'를 택했습니다.
그 바람에 국내교회는 작은 A형 교회를 지었습니다.
개인이나 가정보다는 민족이나 나라를,
한국보다는 세계구원이 우선이었습니다.
메마른 세상에 평화의 종소리가 울려 퍼지게 했습니다.

1958년에 일본으로 첫 선교사가 건너가고

이듬해에 미국 개척전도가 시작되었습니다.
해외선교를 본격화하기 위해
1965년 문총재가 세계순회를 시작했습니다.
이를 계기로 유럽, 중동, 남미로 선교사들이 밀물처럼 건너갔습니다.

세계의 모든 나라가 합심이라도 한 듯 우리를 반대했습니다. 핍박이 심하면 심할수록 오뚝이처럼 일어났습니다. 1975년 일본에서 세계선교사회의를 열고 127개국에 선교사를 보내기로 했습니다. 독일, 미국, 일본 등 세 나라 사람들을 한 팀으로 묶었습니다.

선교사들은 호화로운 저택이나 빌딩이 아니라
조그만 방이나 막사에서 생활하며 선교를 했습니다.
선교자금이 부족해 보내는 사람이나 떠나는 사람이나 비통했습니다.
낡은 가방에 옷가지, 『원리강론』 한권만 달랑 넣어 임지로 떠났습니다.

애초에 5년 정도 선교를 예상했지만 20년 넘게
아프리카와 중동에 머물면서 선교를 한 사람도 적지 않았습니다.
그들은 1년에 한두 번 뉴욕 이스트가든 수련소로 왔습니다. 개 중에는 형편이 넉넉지 못해 비행기표를 구하지 못해 참석하지 못하는 선교사들도 있었습니다.

우리부부를 처음 만난 이국의 젊은 선교사들은 우리를 보자마자 울음을 터트렸습니다.

기쁨의 자리가 눈물바다가 될까봐 강인한 어머니의 마음으로 어깨를 안아주었습니다.

　이들은 소박한 셔츠와 넥타이 선물을 받아들고 다시 섭리의 전선으로 떠났습니다.

최초의 순교자 마리 지브나여!

공산국가로 떠나는 선교사들에게는
간곡한 기도를 올렸습니다.
주여! 이들에게 수호천사를 보내주소서!
'불행한 순교자라도 생기면 어떻게 하나'
불안의 그림자는 우리를 옥죄었습니다.

최초로 소련 땅에 건너간 군티 부르처
수많은 선교사들이 소련 KGB에 미행당하고
협박·구금되거나 강제로 추방되었습니다.
1973년 체코슬로바키아 브라티슬라바에서 선교사와 신도들 30여
명이 한꺼번에 연행되었습니다.

사형선고를 받은 식구도 있었습니다.
24세의 마리 지브나는
차디찬 감옥에서 목숨을 잃어
최초의 순교자가 되었습니다.
최초의 순교자의 영광을 위해서도 승리를 다짐했습니다.

공산권 비밀선교, 나비작전

감시와 추방, 미행, 테러는 선교사들을 괴롭혔습니다.
1980년 탄자니아 선교사 사사모토 마사키는
그해 겨울 총을 맞아 순교했습니다.
1986년 우리는 공산권국가에서
'나비작전'으로 지하선교를 감행했습니다.

오스트리아를 중심으로 철의 장막이 드리워진 동유럽에서 비밀선교에 붙여진 이름입니다.

한 선교사의 깊은 울림의 말입니다.
"언제 어디에서 어떤 위험이 닥칠지 모릅니다. 내 삶은 하나님의 영적 계시에 의해 직접 주관 받고 있다는 것만 알뿐. 나에게 위험이 닥치면 꿈에 하나님이 나타나셔서 내가 갈 길을 인도해 주십니다."

통일교회를 믿는다는 단 한 가지 이유로 박해받은
식구들의 사연은 참으로 애처롭습니다.

고통과 위험 속에서도 가난한 사람들을 돕고
학교를 세우고, 직업교육을 시키고, 황야를 개척해
먹고살 수 있는 터전을 마련했습니다.

그 결과 오늘날 200여 나라에 교회가 세워졌습니다.
신앙의 힘이여, 기적이여, 우리를 도와주소서.

초창기 통일교 식구들은
몰리고 쫓기는 제일 불쌍한 사람들이었습니다.

눈 내리는 겨울밤,
집에서 쫓겨나 담벼락에 홀로 서서,
눈물의 기도를 올렸습니다.
낯 선 땅에서 추방되고,
사막에서 오직 밤하늘의 별빛만으로 길을 찾고,

깊은 밀림을 홀로 헤쳐 하나님의 말씀을 전했습니다.
슬픔을 안으로 삭여 믿음을 전파했습니다.

그리움과 눈물로 얼룩진 세계순회

"엄마, 또 가방을 꾸려요?"
"어머니, 이번에는 이디로 가요?"
선교가방을 챙기노라면 아이들은 보챕니다.
불편한 대궐보다 마음 편한 오두막이 더 행복합니다.
휴전선 아래 작은 마을에서
외로운 섬마을까지 식구들을 만나고
행사와 강연에 참석하느라 마음 편한 날이 없었습니다.

낯선 사람들과 낯선 땅을
내 형제, 내 집으로 여기며 찾아다니는 세계 순회
아시아와 유럽, 미국, 남미, 아프리카까지
하나님의 말씀을 전하는 하나같은 길
밤 12시가 되면 아이들에게 편지를 썼습니다.
편지를 쓰는 길만이 아이들에게 사랑을 베푸는 오롯한 시간이었습니다.

효자, 효진아!
- 1973년 5월 12일 미국 벨베디아에서

효진아! 보고 싶구나.
언제나 불러보고 달려가 안아주고 싶은
착하고 귀엽고 사랑스러운 내 아들
하늘의 효자, 땅의 효자, 온 우주의 효자
효자의 본이 될 효자 효진, 사랑한다.

효진아, 넌 다른 아들과 어울리더라도
너의 근본을, 하늘의 품위를 손상시켜서는 안 된다.
아빠, 엄마는 항상 너를 자랑스럽게 생각한단다.
아빠, 엄마는 너에 대한 큰 꿈이 있단다.
엄마는 기다리고 항상 기도한단다.

효진이는 어느 신문사 기자와의 인터뷰에서
"어머니의 어떤 점을 존경합니까."라는 질문에
"아버지를 감싸며 기쁘게 해드리는 어머니의 사랑과 끈기를 제일 존
경합니다."라고 말했다고 합니다.
"세계적인 일로 바쁘시면서도 14명의 자녀를 낳은 것도 정말 위대합
니다."

🌙 한 생명의 탄생

세상 엄마라면 누구나 겪는
지옥과 천국을 오가는 길
생명의 탄생을 위한 네 번의 절개수술
십자가의 고통을 체휼하며
한 생명, 한 생명을 하나님을 위해
죽음을 마다하지 않고 낳았습니다.

남편을 따라 세계적인 일로 바쁘면서도
14명의 생명을 낳았습니다.
여성이 생명을 낳지 않으면
세계는 망하고 맙니다.
영혼을 구하는 일 못지않게 생명을 낳는 일도 하나님의 뜻입니다. 대
지의 여신에게는!

영혼해원식

살아있는 사람들보다
죽은 영혼들이 더 많이 나를 찾았습니다.
크로아티아 한 호텔 방에 들어서는 순간
억울하고 비참한 영혼들이 구원을 받기 위해
기다리고 있었습니다.
이들의 영혼을 해원시키기 위해
밤새도록 기도를 올렸습니다.

오스트리아 마우트하우젠 마을
아름다운 풍광 속 우울한 회색벽돌건물
제 2차 세계대전 때 유대인 강제수용소
희생당한 영혼들은 원통함과 슬픔을 달래주어야
안식처로 찾아갑니다. 영혼의 안식을!
사랑의 백합꽃을 바치고 영혼을 달랬습니다.
하늘과 땅을 독생자, 독생녀가 이어주었습니다.

You are My Sunshine

나는 벨베디어 수련소와 이스트가든에
노란수선화를 심었습니다.
수선화는 추운 겨울을 뚫고나오는 봄의 전령
수선화는 참부모의 길,
참어머니, 독생녀의 길

2016년 여름 뉴욕양키스타디움 대회 40주년 기념식
하나님이 축복한 미국 가정축제
그 때 미국과 캐나다식구 3천명이 부른
'그대는 나의 태양(You are My Sunshine)'
세계인의 마음을 울렸습니다.

하나님의 꿈은 80억 인류가
평화롭고 행복한 세상을 이루는 것입니다.
그러기 위해서는 심정문화 혁명을 통해
하나님의 사랑 앞에 감사하는 생활을 해야 합니다.
문총재는 미국의 의사, 소방관임을 자처했습니다.

청교도가 세운 미국은 하나님과 점점 멀어졌습니다.
건국 200년의 미국, 1976년 양키스타디움대회

우리 식구들은 전 세계에서 기도를 올렸습니다.

미국 뉴욕 한복판에서 열린 대회의 성공을 빌었습니다.

죽음의 경계선과도 같은 어둠을 뚫고 광명천지로 부활한 느낌의 연속이었습니다.

문총재는 광야에서 외쳤습니다.

"공산주의의 위협과 청소년의 윤리적 타락을 막지 않고는 미국에 희망이 없다."

겨울 잔설이 녹기 전에 새싹을 띄우는 수선화,

통일교의 양키스타디움대회!

나는 청평 천정궁을 지을 때 수선화를 조각하고 정원에도 많이 심었습니다. 수선화는 우리 평화통일운동의 상징화입니다.

🌙 빅 문(Big Moon)

미국 팝가수 제임스 테일러가 부른
〈Line 'Em Up〉이 있습니다.
마지막 구절에 이런 구절이 나옵니다.
"Yeah, big Moon landing, people are standing up"
여기서 'big Moon'은 문선명총재를 가리킵니다.

1971년 우리가 미국에 도착했을 때
세계는 나침반을 잃은 난파선과 같았습니다.
공산주의의 위협, 청소년의 무너진 성도덕
이기주의와 퇴폐문화
닉슨대통령의 워터게이트 사건

우리부부는 "용서하라, 사랑하라"를 외쳤습니다.
　1972년 뉴욕, 볼티모어, 필라델피아, 샌프란시스코, 로스앤젤레스
등을 돌며 청년들을 모아 통일십자군(One World Crusade)을 만들 것
을 독려했습니다.
　1974년 닉슨대통령의 초청으로 백악관을 찾았습니다.
　그 때 우리는 하나님의 뜻이 무엇인지 들려주었습니다.
　우리는 하나님이 우리와 함께 함을 확신했습니다.

1974년 뉴욕메디슨스퀘어가든에서 포문을 열었습니다.

1776년 양키스타디움대회에 이어 워싱턴모뉴먼트대회!

미국 정부와 종교계, 반대파들이 총공격을 해왔을지라도 하나님의 승리를 위해 생명을 걸고 대회를 강행했습니다.

동방에서 온 'Big Moon'은 백악관, 국무성, 언론의 반대를 무릎 쓰고 하나님이 누구의 편인가를 보여주었습니다.

댄버리의 대반전

"통일교회는 물러가라."
"청년들을 세뇌 시키는 통일교회를 규탄한다."
이런 비난과 반대는 늘 우리부부를 그림자처럼 따라다녔습니다.
도널드 프레이저 의원은 통일교를 정치적 제물로 삼고자 했습니다.

결국 문총재는 1981년 10월 '탈세'혐의로 뉴욕연방지방법원에 여러
차례 출두하던 끝에 유죄평결을 받았습니다.
"징역 18개월과 벌금 2만 5000달러를 선고한다."
1984년 7월 20일 미국 코네티컷주 댄버리연방교도소에 수감되었습
니다.

댄버리 수감은 현대판 예수재판의 결과였습니다.
이 날은 역사에서 지우고 싶은 하루였습니다.
분노와 슬픔을 쏟아내는 식구들에게 문총재는 당부했습니다.
"나를 위해 울지 말고 미국을 위해 기도하세요."
"원수까지도 사랑하라. 그리고 위하여 살라."
우리 통일운동의 가장 근본은 '위하는 삶'입니다.
남편의 투옥자체가 감내하기 무거운 십자가였습니다.

댄버리는 대반전의 횃불

"하나님의 소명에 따라 기독교에 봉홧불을 붙여라."

청천벽력 같은 문총재의 새벽전화!

"지금은 하나님이 우리에게 주신 최후의 기회입니다. 여러분의 정성에 하늘부모님이 감동하고, 사탄은 항복할 것이며, 역사는 새 시대를 맞이할 것입니다."

남편의 댄버리옥고는 불행한 일이었지만 우리부부는 그 일을 승리로 바꾸었습니다.

🌙 하나님의 엄마!

남편은 새벽 5시 기도를 마치면 교도소 공중전화로
"엄마!"라고 부르는 것이 하루 일과의 시작이었어요.

하나님의 엄마!
엄마의 하나님!
하늘의 땅
땅의 하늘
지천(地天)!
후천개벽의 부름이여!

면회시간이 다가오면 남편은 언덕까지 나와서 나를 기다리고 있었습니다.

어떤 때는 교도소 안에서 바닥청소나 식당 설거지를 하다가 초췌한 모습으로 면회실에 들어왔습니다. 나는 서러움을 억누르고 언제나 환한 미소로 맞이했습니다.

나는 면회를 갈 때 항상 막내 정진이를 데리고 다녔어요. 막 두 살 난 아기를 받아 안으며 남편은 즐거워했습니다. 죽을 고비를 넘기며 낳은 정진이가 댄버리 시절의 효자였습니다. 면회가 끝나면 남편은 우리가 탄 차가 사라질 때까지 손을 흔들었습니다.

댄버리 감옥에서 공산주의 종언선언

문총재가 수감되고 한 달쯤 되었을 때 많은 사람들의 우려에도 불구하고, 1984년 9월 2일 제 13차 국제과학통일회의가 워싱턴 DC에서 열렸습니다. 더욱 놀라운 것은 1985년 8월 13일 제네바에서 열린 세계평화교수협의회 국제대회에서 '공산주의의 몰락'이 선포되었습니다.

대회에 앞서 문 총재는 회의 주체를 '공산주의의 종언, 소련의 멸망'으로 하라고 대회의장을 맡은 시카고대학 정치학자 몰턴 케플런 박사에게 종용했다.

케플런 박사가 반대하자, 문총재는 더욱 강조했다.

"공산주의는 망하고, 소련은 멸망한다! 이 사실을 세계의 학자와 교수들이 모인 자리에서 선포하세요."

케플런 박사는 망설이다가

"그 말 앞에 'maybe(아마도)'를 붙이면 어떻겠습니까."라고 세 차례나 말했습니다.

그러나 문총재는 단호히 말했습니다.

"공산주의는 5년 이내에 멸망합니다!"

1991년 12월 25일 공산종주국 소련은 해체되었습니다.

🌙 옥중의 성자

억울한 옥살이일지라도
남편은 모범적인 몸가짐과 부지런함으로
재소자들에게 감동을 주었습니다.
처음엔 동양에서 온 이단종교 창시자라고
비웃고 시비를 걸었지만
끝내 이들의 참스승이 되었습니다.

미움과 증오, 다툼의 교도소를
사랑이 흐르는 곳으로 바꾸었습니다.
재소자들은 '옥중의 성자'라 불렀습니다.
간수와 교도관들도 스승으로 모셨습니다.
1985년 8월 20일 모범수로 풀려났습니다.
남편이 옥에 갇힌 것은 내가 갇힌 것이나 마찬가지였습니다.

옥살이는 2천 년 전 빌라도의 법정에 선
예수의 십자가, 골고다언덕이었습니다.
문총재를 위해할 세력들은 도처에 있었습니다.
소련의 비밀경찰 KGB와
김일성의 사주를 받은 적군파
수감자들 중 불순세력!

살아나온 게 기적이었습니다.

난 남편의 고달픈 행로를 함께 한
평화의 어머니, 인류의 중보자, 독생녀
하나님의 뜻을 위해 사랑을 실천하느라
몸과 마음을 다했습니다.
고달픈 인생행로를 묵묵히 걸어
평화와 우주의 어머니가 되었습니다.

진정한 마리아이시다

하나님을 모르면 부모가 있다 해도
고아와 같습니다.
나는 그들을 하나님의 품으로 인도하기 위해
긴 세월을 지나왔습니다.

하나님을 알고 따를 때에
인류는 온전한 하나의 가족
천주가족의 일원이 됩니다.
하나님주의는 바로 천주가족의 다른 말입니다.

나는 여성이 한 인간으로서
우리사회의 평등한 구성원으로서
특히나 하나님의 딸로서 주어진 역할을
다 할 수 있도록 고심했습니다.

1992년 4월 세계평화여성연합은 그 결실입니다.
한국에서 일본, 미국 8대 도시로 전전하며
여성시대가 왔음을 알렸습니다.
세계의 여성들은 가는 곳마다 열광했습니다.

문선명 목사의 부인에서
여성 대표로서의 한학자로 바뀌었습니다.
세계를 구원하는 여성지도자로 추앙받았습니다.
평화를 위해서는 여성보다 더 적합한 인물은 없습니다.

필리핀대회를 위해 마닐라로 향하는 비행기 안에서
아기에게 젖을 먹이는 꿈을 꾸었습니다.
"내가 지금 아기를 낳을 나이는 아닌데....."
그날은 마침 가톨릭 기념일로
'원죄 없이 잉태되신 동정녀 마리아 대축일'이었습니다.

한 여성은 노랑저고리를 입은 내 포스터를 보고
그 순간 '이분이 마리아의 사명을 하는 분이다'라는
생각에 이끌려 대회장에 들어왔습니다.
그녀는 소리쳤습니다.
"오늘처럼 성스러운 날에 필리핀 땅에 오신 저분이
진정한 마리아이시다!"

중국 인민대회당에서 하나님을 외치다

가장 큰 어려움과 보람이 함께 한 곳은 중국대회!
우여곡절 끝에 베이징 인민대회당에서 강연을 했습니다.
공산국가에서 '하나님'을 수십 차례 외쳤습니다.
그것도 처음의 원고 그대로 거침없이 강연했습니다.
하나님이 함께 하지 않으면
이 강연은 결코 이루어질 수 없는 강연이었습니다.
1992년 한 해 동안 세계 113곳에서 강연을 했습니다.

거의 1년 만에 돌아온 부인을 보고 문 총재는
"그런데 당신 결혼반지는 어디에 있소?"라고 물었습니다.
"반지가 없네…… 누군가에게 주었겠지요."
세계 각 도시에 어울리는 옷을 여러 벌 준비했는데
돌아올 때는 한 벌도 없었습니다.
손에 낀 반지도 누군가에게 내주었습니다.
나는 주기도 잘 주지만 주는 즉시 사실을 잊어버립니다.

자기 몸에 지닌 것을 주고,
사랑을 주고, 심지어 생명까지 주어도,
잊어버리는 사람이
하나님 앞에 가장 가까이 갑니다.

나는 발이 부르틀 때까지 세계를 돌았습니다.

여성의 참다운 가치와 사명
하나님의 사랑에 대해 들려주었습니다.
하나님을 모르고 참부모를 모르고
천애고아가 되는 것을 막은 다음에야
참된 행복을 누리는 하나님의 아들딸이 됩니다.

아름다운 한국의 꽃, 리틀엔젤스

"내가 듣기에는 천사들이 들려주는
하늘의 목소리에요"
심정에 전해지는 사랑과 화합의
아름다운 파도, 울림

리틀엔젤스는 효정과 심정을 최초로 노래한 천사
효정은 하늘부모님을 향한 우리의 정성과 사랑
심정은 사랑의 근본뿌리이자 용솟음치는 샘물
하나님의 나라는 어린이와 같은 사람들의 나라

마음이 고와야 춤이 곱다.
마음이 고와야 노래가 곱다.
마음이 고와야 얼굴도 곱다.
마음이 고운 리틀엔젤스는 신념도 곱다.

'태극기를 세계로'라는 구호와 함께
1965년 가을 첫 공연 길에 올랐네.
링컨의 명연설로 유명한 게티즈버그에서
아이젠하워대통령을 위한 특별공연

"하늘의 천사들이 땅에 내려운 것 같아요."
어린이들의 노래는 순수 그 자체
순수함이 사람들을 한마음으로 화합시켜
저절로 평화의 마음을 가져오게 합니다.

고향의 봄, 아리랑을 부를 때면
사람들은 눈을 감고 감상하다가
자기도 모르게 감동의 눈물을 흘립니다.
한복을 입고 신랑각시춤을 추면 어깨춤을 따라했네.

하얀 버선발이 하늘로 뻗으면
버선의 곡선이 지닌 우아함이
한국의 곡선미를 깨닫게 했습니다.
리틀엔젤스는 한국의 아름다움을 뽐냈네.

소문을 듣고 영국황실에서 초대했습니다.
한국뿐 아니라 동양에서 처음 있는 초청이었어요.
1971년 엘리자베스 여왕 앞의 공연은 대한민국 아이들의 잔치였어요.
귀엽고 역동적인 공연은 기립박수를 받았습니다.

1990년 봄 모스크바 공연은 공산주의자들의 얼어붙은 마음을 녹여
주었습니다.
1998년 5월의 평양공연은 남북화해의 견인차 역할을 했습니다.

2010년 한국전쟁 60주년 참전 16개국 보은공연은 한국인이 예의바른 민족임을 세계에 전했습니다.

리틀엔젤스는 3년 동안 6개 의료지원국을 포함한 22개 나라를 돌면서 위문공연을 했습니다.
참전용사들은 빛바랜 군복에 무공훈장을 달고
자랑스러운 모습으로 참석했습니다.
기쁨과 감격의 눈물을 흘렸습니다.

2016년 네팔에서 열린 세계평화국회의원연합대회에서
리틀엔젤스는 또 한 번 빛을 발했습니다.

"리틀엔젤스는 신의 소명을 다하는 대신자이며,
세계적으로 평화를 확산시키는 천사들입니다."

아이들의 순수한 마음의 노래는 하늘의 합창
노랫소리는 이기심을 녹이고
전쟁과 갈등을 사라지게 합니다.
세상을 움직이는 것은 노래와 예술
사람의 마음 깊은 곳을 움직이는 것은 감정

발레는 하나님을 사랑하는 최고의 표현

발레리나가 발끝으로 꼿꼿이 서서
머리를 하늘로 치켜들면
그 자세만으로도 완벽하게
하나님을 경외하는 모습
간절하게 보일 수밖에 없는 모습

예천미지(藝天美地)!
천상의 예술로 세상을 아름답게!
문총재는 리틀엔젤스에 이어 유니버설발레단을 창단
예술한국의 기치를 세계에 드높였다.
1984년 여름 유니버설발레단의 첫 공연 〈신데렐라〉

〈로미오와 줄리엣〉에 최초 공연에 이어
1986년 한국고유의 창작발레 〈심청〉을 올렸다.
심청은 한국문화의 심정과 정서를 그대로 함축한 작품
특히 효정의 심정을 효녀 심청을 통해 드러내어
우리문화의 정수와 수준을 세상에 드러냈다.

세계일보, 세계인을 위한 세계의 신문

일본과 미국, 남미, 중동에서 창간한 신문들이
사랑을 받고 있음에도 한국에서는 여러 제약으로
신문을 창간하지 못했습니다.
세카이닛포는 1975년1월 일본을 공산주의로부터
지키기 위해 도쿄에서 창간되었습니다.
워싱턴타임스는 1982년 5월 17일 창간호를 찍었습니다.
"자유, 믿음, 가정, 그리고 봉사"가 사훈이었습니다.

마침내 언론자유화가 이루어져
대한민국 서울에서 세계일보가 창간되었습니다.
터무니없는 비난과 억측과 악담들이 쏟아졌습니다.
"통일교회를 선전하는 기관지가 될 것이다."
"편향적인 종교기사가 판을 칠 것이다."
"1년도 지나지 않아 폐간될 것이다."

사시(社是), 애천(愛天) 애인(愛人) 애국(愛國)
사지(社志), 조국통일의 정론, 민족정기의 발양,
도의 세계의 구현을 목표로
1989년 2월 1일 창간호 120만부를 발행하면서
세계일보가 창간되었습니다.

세계일보는 안중근의사가 재판을 받은 대련법정이

개인의 소유물로 넘어간다는 소식을 접하고,

대련법정을 사들여 고증을 거쳐 복원을 했습니다.

1993년에 '여순순국선열기념재단'을 창립했습니다.

"언론은 곧 진리의 대변자이며 양심이어야 한다."

집권여당의 비리를 폭로했다는 이유로

통일교회 기업들은 표적세무조사를 받는 등 수난을 감수하지 않으면
안 되었다.

통일산업과 동양농기계는 끝내 문을 닫았다.

세계일보는 '세계인을 위한 세계의 신문'입니다.

과학과 도덕의 화해

"과학기술은 인간이 만든 것이지, 하나님이 만든 것은 아니지 않습니까?"

과학기술은 하나님이 인간에게 만물의 주관권을 주신 축복의 도구입니다.

하나님의 마음으로 자연을 사랑하고

인류를 위해 쓰임새 있게 활용해야 합니다.

국제과학통일회의는 과학기술의 통일을 통해

세계평화를 위해 기여할 수 있는 방법을 고민한 소산입니다.

1972년 뉴욕 제 1차 대회

"현대과학의 도덕적 방향에 대하여"

1973년 동경 제 2차 대회

"현대과학과 도덕적 가치"

국제과학통일회의는 26차 대회를 개최했고,

세계의 '기술평준화'를 위해 노력하고 있습니다.

"종교와 과학을 비롯한 세계문제를 해결하기 위해서는 우주의 근본 되시는 하나님과 참부모의 마음을 바로 알아야 합니다."

과학기술이 전쟁기계의 발전에 이용당하면 세계는 망할 수밖에 없습니다. 과학기술의 평화적인 이용은 참부모, 평화의 어머니의 심정을 이해하지 않으면 안 됩니다.

지구가 한 마을이 되려면

세계 지도를 보면
오세아니아를 제외하면
지구의 모든 땅이 연결되는 길이 있습니다.
한일 현해탄과 미국과 러시아의 베링해협
이 둘을 연결하면 두 발로 걸어서
세계를 돌아다닐 수 있습니다.

지구는 인류가 걸어서 갈 수 있는
하나의 마을과 같습니다.
하나의 마을은 하나의 마음이 될 수 있다는 뜻
하나의 마음은 하나의 몸이 될 수 있다는 뜻
1981년 세계평화고속도로 계획을 발표했습니다.
섬은 대륙을 그리워합니다. 바다는 연결되고자 합니다.

아프리카 최남단 희망봉에서
아프리카 대륙, 유라시아 대륙을 거쳐
세계는 하나로 연결됩니다.
남미 칠레 산티아고에서 남북미를 거쳐
베링해협과 아시아를 통해
한국까지 연결됩니다.

한국은 참부모가 탄생한 종주국
세계의 중심, 후천의 문명 중심
인류의 최고(最古)의 경전
천부경(天符經)이 5천 년 간 보존된 한반도에
세계평화고속도로가 지나갈 날은 언제이런가.

성경 '이사야'의 가르침에 이런 말이 있습니다.
"총칼을 녹여 쟁기와 보습을 만들 때입니다."
전쟁을 거두어들이고 평화를 일굴 때입니다.
바다를 메꾸어 평화의 길을 만들 때입니다.
인류는 걸어서 세계를 평화롭게 여행할 때입니다.

크렘린을 녹인 여성의 첫 발걸음

하나님이 있느냐, 없느냐는
인류의 중대 갈림길
공산종주국 소련을 해체하기 위한
문총재의 모스크바 크렘린궁 행보를 앞두고
통일교의 후임자가 논의되었다.

1976년 9월 19일
"내가 없어도 어머니만 있으면 돼요."
통일교회 2대 교주로서 막중한 책임이 주어졌다.

1990년 '참부모의 날'을 맞아
미국 뉴욕에서 '여성전체해방권'을 선포하고
2대 교주가 되었다.

1991년 6월 캐나다 클리어스톤 본관에서
고명(顧命), 내가 하나님의 사명을 이어가도록
왕의 유언이 있었다.

1994년 11월 27일 뉴욕 벨베디아수련소에서
2대 교주로서 나의 공적 사명이 새로이 공표되었다.

1990년 4월 모스크바에서 제 11차 세계언론인대회가 열렸다. 대회 기간 중 성혼 30주년 기념일을 맞은 참부모님은 고르바초프 서기장을 만났다.

KGB의 삼엄한 감시와 경계 속에서

"개방개혁정책을 담대하고 용맹하게 밀고 나가야 한다. 이것이 하나님의 뜻이다."라고 말했다.

여성은 오로지 나 혼자

여성의 출입이 엄격하게 통제된 소련 대통령집무실에서 나는 극진한 대접을 받았다.

우리부부는 고르바초프에게 중남미통일연합이 제정한 '자유통일대십자훈장'을 수여했다.

"이 대통령을 하나님께서 축복하소서."

기도를 마치고 담소를 나눌 때에 고르바초프는 말했다.

"한학자 여사님은 한복이 잘 어울리시네요, 참 아름다우십니다."

나는 즉각 화답했다.

"라이사 영부인님도 아름다우십니다. 세계여성들이 존경하고 있습니다."

고르바초프 대통령은 조금 전의 기도의 탓인지 하늘에 오른 듯한 기분으로 활짝 웃었다. 남편은 망설이지 않고 그에게 충고했다.

"소련의 성공은 하나님을 중심으로 하느냐, 그렇지 않느냐에 달려있습니다. 무신론은 자기파멸과 재앙을 초래할 뿐입니다."

　세계에 그림자를 드리우는 것은 종교의 쇠퇴와 도덕성의 상실, 그리고 공산주의!

목숨을 건 김일성과의 회담

나는 1948년 자유를 찾아 삼팔선을 넘었습니다.

문총재는 1950년 10월 흥남감옥에 갇혀 있다가 유엔군이 감옥을 폭격하면서 자유의 몸이 되었습니다.

다음날 처형장에 풀려갈 절박한 순간에 하나님의 손길이 닿았던 것입니다. 생사기로의 순간에 하나님은 구원의 은혜를 베풀었던 것입니다.

그 후 1991년 김일성주석과 만나기 위해 북한을 방문할 때까지 한 번도 고향에 가지 못했습니다.

한반도는 우리의 뜻과 상관없이 둘로 갈라졌습니다. 이제 분단을 끝내고 평화통일을 이루어야 한민족의 긍지를 되살릴 수 있습니다.

한반도의 평화통일을 세계평화를 열어가는 첫 단추입니다.

1975년 6월 120만 명이 넘는 인파가 여의도광장에 모여 구국세계대회를 개최하는 등 승공운동을 펼치는 동안 김일성이 우리 부부를 암살하려고 한다는 정보를 여러 차례 접했습니다.

우리 부부는 부모의 자리, 어머니의 자리에서 김일성을 만나고자 했습니다. 형장에 가는 아들을 살리기 위해 어머니는 나라의 법이라도 바꾸려는 심정이 됩니다. 이것이 어머니의 본연의 마음입니다.

성경에 야곱이 그를 죽이려던 형인 에서를 천신만고 끝에 감동시켰듯이 우리 부부는 김일성을 그렇게 대하려고 했습니다. 우리는 베이징에서 김주석이 보낸 조선민항 특별기를 타고 북으로 향했습니다. 남편의 고향인 정주 상공을 지나 평양으로 향했습니다.

남편의 혈육들이 순안공항에 기다리고 있었습니다. 할아버지, 할머니가 된 친척들이 하염없이 눈물을 흘렸습니다. 그러나 남편과 나는 울지 않았습니다.

폭포 같은 눈물이 솟구쳤지만 입술을 깨물며 참았습니다. 우리는 모란봉초대소에 도착했고, 남편은 연설을 했습니다. 평화와 통일을 위해서라면 죽음도 불사하겠다는 각오였습니다.

3일째, 만수대의사당에서 한 연설은 주체사상을 비판하는 내용이었습니다.

"김일성주체사상으로는 남북한을 통일할 수 없다. 통일교회가 제시하는 하나님주의와 두익(頭翼)사상으로만이 남북한이 평화적으로 통일되고 전 세계를 주도할 수 있는 나라가 된다."

문총재는 이어 북한이 상투적으로 선전하고 있는 "한국전쟁은 북침이 아니라 남침"이라는 주장을 통박했습니다.

놀라지 않는 사람이 없었습니다. 북한경호원들이 금방이라도 총을 빼들 기세였습니다. 동행한 우리 식구들의 손과 등에는 식은땀이 흘렀습니다.

7일째, 우리는 김주석을 만났습니다. 함경남도 마전에 있는 주석공관에 들어서자 김주석이 기다리고 있었습니다. 김주석은 이듬해에 개최되는 3만 쌍 국제합동결혼식을 해당화가 아름다운 원산의 명사십리에서 하도록 추천했습니다. 원산항 개항도 약속했습니다.

우리는 오로지 섭리의 뜻에 따라 진정으로 위하는 하나님의 마음, 참사랑을 품고 공산주의자들을 깨우쳐 통일의 물꼬를 트고자 하는 일념뿐이었습니다.

8일간의 여정을 마치고 평양을 떠나자마자 북한정무원 연형묵 총리는 서울을 방문, '한반도 비핵화 공동선언'에 조인을 했습니다.

우리는 북한에 평화자동차공장을 세웠고, 보통강호텔과 세계평화센터도 지었습니다. 통일의 초석이 되었습니다. 그 뒤 한국의 대통령이 북한을 방문하게 된 것도 우리 부부가 뿌린 씨앗의 결실입니다.

🌙 평화와 통일을 위한 제 5유엔사무국

참부모님이 현현하신 한반도는
고조선의 영광과 지혜를 되살려
장차 동서고금의 문명이 꽃을 피우고
열매를 맺는 영토이자 나라가 되어야 하네.

구세주 독생자와 평화의 어머니 독생녀를
살리기 위해 유엔군이 이 땅에 왔고,
"하느님이 보우하사 우리나라 만세"
애국가 구절처럼 우리는 눈부신 성장을 했네.

이제 한국이 제대로 세계의 중심국이 되기 위해서는
아시아에 세워질 유엔이 한국에 세워져야 하네.
뉴욕, 제네바, 빈, 나이로비에 이어
제 5 유엔 사무국이 한반도에 세워져야 하네.

유엔사무국은 남북전쟁의 방패이자 지혜
세계평화를 선도하는 인류의 마지막 묘수
한국이 세계의 중심국이 되는 천도책(天道策)
비무장지대에 사무국과 평화공원이 들어서야 하네.

남북분단선은 지리적·혈연적 분단선이지만
유신론과 무신론이 대치하고 있는 분단선
두익통일운동으로 평화통일을 이루고
유엔사무국유치로 미래문명의 중심이 되어야 하네.

🌙 사랑과 믿음은 국경을 넘습니다

축복결혼의 통일교 식구들은
국경을 넘은 다문화가정이 많습니다.
민족과 국가와 인종을 초월한
절대신앙, 절대사랑, 절대복종 때문.

우리나라 다문화가정의 시원은
서울올림픽이 열리던 1988년 6500쌍
한일국제결혼으로 손꼽히네.
일본신부들은 한국 농촌총각과 결혼했네.

어려운 살림에도 노부모 봉양으로
효부상을 받고, 불구인 남편을 수발하고
마을 부녀회장, 학부모회장이 되어
저마다 농촌의 큰 일꾼이 되었네.

사랑과 믿음은 국경을 넘는다고 하지요.
특히 한일다문화가정의 자녀들은
하나같이 우리나라의 일꾼이 되었고
병역의무를 마친 수가 4천 명을 넘었다네.

어느 나라, 어느 땅, 지상의 어떤 곳에서라도
여성이 아이를 낳는 일은 성스러운 일
평화의 어머니에 의해 보호받고 칭송되어야 할,
대지의 여신에 의해 보장받는 참사랑의 결실

언젠가는 다문화가정이라는 단어도 사라져야 해요.
종교가 가야 할 마지막 목적지는 종교가 없는 세상.
인류가 모두 선한 사람이 되면 종교가 필요 없게 되죠.
인류가 하나님 아래 한 가족 되면 도달하는 길

엄마 손은 약손

엄마 손은 약손
가장 원시적인, 가장 효과적인 사랑의 의술
누구나 따뜻했던 어머니 손길은 잊을 수 없습니다.
그 손길이 바로 우주의 어머니, 평화의 어머니가
온 세상과 인류를 보듬는 손길입니다.

어머니의 귀에는 유독 자녀들의 울음이 잘 들립니다.
어머니의 눈에는 자녀들의 아픔이 잘 보입니다.
아이가 아파 울면 어머니는 혼신으로 달려갑니다.
어머니의 관심과 신경은 온통 자녀들로 향해있습니다.
자식을 위해서라면 어머니는 불구덩에도 뛰어듭니다.

내가 성요셉간호학교에 입학한 것은
미래에 세상과 인류를 간호하듯 대하라는
하나님의 천명, 하늘의 준비
HJ매그놀리아 글로벌의료재단은 그 결실.

"신앙은 과연 건강을 증진시킬 수 있을까?"
인간은 몸과 마음이 조화롭게 통일된 존재
현대의학은 통일의학에서 새길을 찾아야 하네.
엄마 손은 참사랑과 간절한 기도의 결정체.

효정랑(孝情郎), 아름다운 청춘

가슴 뛰는 꿈을 향해 바치는 청춘은 아름다우리!
아, 어떤 뜻을 누구와 더불어 힘차게 펼칠 것이냐?
우리시대 청춘의 가장 아름다운 목표는 남북통일
우리시대 청춘의 가장 뜻깊은 목표는 세계평화

삼국통일을 이룬 신라에 화랑도가 있었다면
남북통일을 위해 효정랑과 글로벌 탑건이 있습니다.
나는 글로벌 탑건의 인재들을 여호수아와 갈렙처럼
하늘에 정성을 다할 수 있는 인재로 키우고 싶습니다.

천일국 건설의 미래 인재를 키우기 위해
화랑(花郎)을 능가하는 효정랑을 꿈꿉니다.
사군이충, 사친이효, 교우이신, 임전무퇴, 살생유택.
이 대신에 심정과 효정을 하늘에 세우고자 합니다.

청년의 꺼지지 않는 횃불

1984년 서독 베를린
세계대학원리연구회(W-CARP) 제4회 총회
문효진회장은 용감하게 청중을 압도했다.
"이제 베를린장벽을 향해 행진을 시작합시다."

공산주의자들의 위협과 방해를 뚫고 두 시간만에
몸싸움 끝에 베를린장벽에 도달했다.
문효진회장의 눈물 어린 연설
베를린장벽을 붙잡고 2천여 명 청년들의 통성기도

1989년 11월 9일 베를린장벽은 무너졌다.
1989년 8월 19일 오스트리아와 헝가리 사이
철의 장막이 열리면서 동독과 동구권이 붕괴되었다.
1994년 미국 워싱턴 DC, 카프청년들은
'애천, 애인, 애국'을 기치로 참가정운동을 시작했다.

우리조상들은 화랑도와 국선도를 만들어
청소년들의 몸과 마음을 닦게하는 전통이 있었다.
우리부부는 청년들이 현실의 암울함에서 벗어나도록
세계평화청년연합(YFWP)을 만들었다.
청춘은 인생의 한 시기가 아니라 마음가짐을 뜻하나니.

천지개벽, 선문학당

"천지개벽 선문학당"
개벽 정신이 깃든 선문대학교 설립정신을 담은 휘호
축복가정 2세들이 세계에 나가
"선문대 출신입니다."라고 자신 있게 말할 수 있도록
세계최고의 대학을 꿈꾸었습니다.
축복가정 2세는 미래문화의 다이아몬드입니다.

1972년 구리중앙수련소에 통일신학교
1989년 천안 성화대학교
1994년 천안 선문대학교로 발전을 거듭했네.
'지상에서의 삶'도 중요하지만
'천상의 영원한 세계'가 있음을 가르치는 배움의 터전
신학과는 누구나 입학하고 싶어 하는 신의 사관학교

하나님의 심정을 지닌 더 많은 인재들이
세계평화를 위해 나서야
천지개벽의 꿈은 이루어지리.
하나님의 뜻 안에서
순결하고 아름답게 살 수있도록
부모는 열정적인 땀을 흘려야 합니다.

가화만사성(家和萬事成)

한남동 공관 내실 입구에는
가화만사성(家和萬事成)이라는 액자가 걸려있습니다.
가족을 이루며 사는 화평의 기본입니다.
세상을 다 가져도 집의 화목(和睦)보다는 못합니다.

"사랑해"라는 말 한마디는
생명을 잉태시키는 첫 번째 말입니다.
그 말로 인해 가족이 생깁니다.
부부, 부모, 아들딸, 손자손녀

동물들도 사랑과 함께 번식을 합니다.
인간에게는 번식과 함께 책임이 따릅니다.
부부가 사랑의 신성함을 믿으며 책임을 다 하면
참된 부모가 되고, 가화만사성에 이릅니다.

79억명의 인간이 살고 있지만
지구에는 남자와 여자라는 두 사람이 살아갑니다.
모든 문제는 남자와 여자 사이에 있습니다.
세계에는 남녀 대신에 음과 양이 있습니다.

두 사람이 서로 믿고, 사랑하고, 책임을 다하면
세상은 행복한 세상이 됩니다.
부모가 자식을 위해 한 것을 자녀가 하면 효자입니다.
본향의 그리움이 오롯이 살아있는 곳이 가정입니다.

한일축복가정의 원수사랑

"이 결혼, 절대 반대다!"

"당장 집어치워라. 이따위 결혼식이 세상에 어디 있단 말이냐"

"내 딸을 데려다가 이렇게 결혼시키다니……아이구, 분해라."

1960년 통일교회 합동결혼식이 열렸을 때

세상은 깜짝 놀랐고, 반대하는 부모들로

신성한 결혼식장은 아수라장이 되었다.

통일교 합동결혼식은 희생과 배려의 상징처.

반대가 극심한 경우는 한국과 일본의 신랑신부.

"내가 일제 때 받은 고통을 생각하면 치가 떨린다. 그런 원수의 나라의 딸과 결혼을 하겠다니……우리 가문에 일본 며느리는 절대 들일 수 없다. 절대 안 된다."

예수님은 "원수를 사랑하라!"고 말씀했지만 그것을 실천하기란 참으로 어렵습니다. 합동결혼식도 그랬습니다.

한국과 세계 곳곳에서 열리는 통일교회 합동결혼식은 인류 역사에서 가장 신성하고 보배로운 행사입니다.

🌙 갈비뼈 하나, 여성의 소명

"위대한 남성이 있다면, 그 뒤에는 반드시 위대한 여성이 있다."

남성이 더 온전하게 되도록 도와주는 사람이 여성입니다. 아내가 없으면 남성은 온전해지지 못합니다.

여성이 억눌려 침묵하는 사회는 평화롭고 정의로운 세상을 만들지 못합니다.

여성은 어머니의 소명을 다해야 합니다.
자녀를 인격을 갖춘 올바른 인간으로 키워야 합니다.
양육은 여성만이 가진 미덕이자 권한입니다.
아담의 갈비뼈 하나가 의미하는 것은
남성을 완성시키는 여성의 의미입니다.

오늘의 여성들은 기존의 관습에 젖어 남성을 흉내내고 자신들의 위상만 높이려 해서 안 됩니다.

남성과 여성은 대립관계가 아니라 서로 모자라는 것을 보완해주는 상보관계입니다.

여성은 하나님의 또 다른 측면을 대표하는 자리에서 남성을 온전하게 해주는 독립인격체입니다.

여성은 시대의 거울

1992년 봄 잠실운동장에서 세계평화여성연합이 탄생했습니다. 새로운 여성시대의 출발신호였습니다. 지금은 세계평화여성연합은 유엔에서 주요 NGO로 뽑혔습니다.

세계평화여성연합은 여권신장운동이나 여성해방운동에 그치는 것이 아니라 여성의 참된 가치를 일깨워 주면서 여성 자신과 남성까지 포용하고 발전시키는 운동을 전개했습니다.

여성은 시대의 거울입니다. 여성이 시대의 거울이 되기 위해서는 자신이 먼저 맑고 순수해야 하며, 자신을 극복할 수 있는 내면의 강한 힘을 길러야 합니다.

참된 딸, 참된 아내, 참된 어머니가 되고 하나님을 모신 참사랑의 가정을 이루고, 평화 세계를 이루는 일에 앞장서야 합니다.

으뜸종교, 으뜸 되는 가르침

오늘날 이기주의가 보편화되어 버린 것은
가슴 아픈 일입니다.
생활수준이 향상되고 기술은 발전하는데
사람들은 점점 더 소외되고
사회에 대해, 심지어 가정에 대해서조차
윤리와 책임감을 가지지 않습니다.
이혼율이 올라가는 것은 그 증거입니다.
부모는 자식을, 자식은 부모를
책임지지 않고 저버리기 일쑤고
자신의 욕망과 욕심의 노예가 되어가고 있습니다.
세계에 많은 종교가 있지만
이미 역할을 하지 못하고 있습니다.
신이 사라진 종교, 자연의 성스러움을 잃어버린
기술과 이용의 인간, 계산적 인간
한 사람의 의인(義人)을 애타게 찾고 있는
이유가 여기에 있습니다.
어떤 이름의 종교가 진정한 종교가 되기보다는
하나님의 사랑을 일깨우는 종교가 참된 종교입니다.

참사랑은 '자기가 없는 사람'

참사랑은 자기가 없는 사람
참사랑은 베풀어 주는 사람
참사랑은 소유를 놓아버린 사람.
남편은 나보고 언제나
'자기가 없는 사람'이라고 말하곤 했습니다.
나는 어떤 것이든
애지중지 쌓아두는 것을 싫어합니다.

선교사나 손님이 오면
옷장을 열어 옷과 구두를 내어줍니다.
생전에 남편의 옷이나 넥타이도
새 주인을 찾아갔습니다.
"생명이 먼저일까요, 사랑이 먼저일까요?"
대부분 생명이 먼저라고 말합니다.
생명이 있어야 사랑도 하니까요.
"그러나 사랑이 먼저입니다."

모든 존재의 출발점은 생명이지만
그 생명은 사랑에서 잉태되었습니다.
우리는 사랑에서 태어났고,

사랑의 길을 가야하고,
사랑을 위해서 죽어야 합니다.
사랑을 위해 죽어야 영원히 삽니다.
우리에게 필요한 사랑은
절대적 사랑, 참사랑입니다.
참사랑은 '위하는 사랑'입니다.

참사랑은 섬김을 받는 사랑이 아니라
남을 섬기는 사랑입니다.
참사랑은 또한 용서하는 사랑입니다.
참사랑의 주인은 '자기가 없는 사람'입니다.
악은 자신의 이익을 얻으려는 것이고
선은 주고도 잊어버리는 것입니다.
사랑은 주면 줄수록 줄어드는 것이 아니라
샘처럼 솟아나 풍성해집니다.

사랑은 원과 같이 돌고 돕니다.
끝을 느끼는 사랑은 사랑이 아닙니다.
참된 사랑은 영원하면서도 변치 않습니다.
참사랑은 시대가 바뀌어도 그대로입니다.
참된 사랑은 무엇을 원하지도 않습니다.
사랑을 받겠다는 마음이

사랑을 주겠다는 마음으로 바꾸면
평화가 찾아옵니다.

효정(孝情), 세상의 빛으로

평창 발왕산 기슭에 '마유목'이란 나무가 있습니다.
수백 년 된 야광나무는 어머니이고
그 품 안에서 자란 마가나무는 아들입니다.
나는 이 나무를 '모자나무'라고 이름 붙였습니다.
야광나무가 오래 되어 속이 텅 비자
그 안에 새가 마가나무 씨앗을 떨어뜨려
마가나무가 뿌리를 내리고 터를 잡았습니다.
야광나무는 마치 아기를 양육하듯
마가나무에 영양분을 제공하며 키워 갑니다.
마가나무는 어머니를 봉양하듯 공생합니다.
허공에는 두 종류의 나무가
각각 꽃을 피우고 열매를 맺습니다.

마유목은 효정(孝情)의 나무입니다.
나는 효정을 생각하면 항상
큰아들 효진이와 둘째아들 흥진이가 떠오릅니다.
먼저 세상을 떠난 흥진(興進)이는
승공궐기대회 마지막 날 광주대회장에서
문총재를 해치려는 불순세력들이 들어왔습니다.
입추의 여지가 없는 관중으로 인해

계획이 수포로 돌아가자 사탄은
미국 뉴욕에 있던 흥진이를 교통사고로
운명을 달리하게 했습니다.

흥진이는 옆에 앉아있던 후배를 살리고
자신은 하늘나라로 갔습니다.
문총재를 해치려는 세력들이 늘어나자
흥진이는 "아버지를 내가 지켜 드리겠다."고 입버릇처럼 말했습니다.
흥진이는 멀리서도 위태하신 아버지를 바라보고
대신 죽음으로 나아갔습니다.
흥진이는 아버지 대신 희생의 제물이 됨으로써 큰 효도를 하고 갔습니다.
그래서 성화식 때 '충효지신 천은대해 천성봉헌 영원안식(忠孝之身 天恩大海 天城奉獻 永遠安息)'이라는 휘호가 내려졌습니다(1984년 1월 8일).

큰아들 효진이는 이름도 효진(孝進)이지만 항상
"효자는 내 거야!"라고 말했습니다.
1970년대만 해도 미국에서 동양 사람은 무시당했습니다.
효진이는 아버지 어머니를 따라다니며 이 광경을 목격했습니다.
공산주의자들이 아버지 강연장마다 나타나 위협하는 것을 본 효진이는 "내가 아버지를 지키기 위해 저들과 싸우겠다."고 다짐했습니다.

그래서 성화식 때 '심천개방원 충효개문주(深天開放苑 忠孝開門主)'
라 시호가 내려졌습니다(2008년 3월 19일).

선교에는 많은 어려움이 따랐습니다.

효진이는 문득 회오리바람처럼 원리말씀을 전할 방법을 고심하던 끝
에 음악을 생각해냈습니다.

그것이 메탈음악이었습니다.

3년 동안 1만 곡을 작곡했습니다.

작사와 작곡을 스스로 다했습니다.

효진이는 자신을 돌보지 않고 밤낮 창작에 몰두했습니다.

그 많은 노래 중에 '기적 소리'는 가장 알려진 음악입니다.

음악이야말로 가장 직접적으로 체휼하는 예술입니다.

심정적 체휼이 가장 빠른 선교가 음악선교입니다.

서양고전음악에 오라토리오가 성한 것은 그 때문입니다.

음악은 인간을 가장 빨리 천상으로 승천시킵니다.

효진이는 2007년 서울올림픽경기장에서 콘서트를 하고

일본으로 건너가 콘서트를 했지만

과로로 2008년 하늘나라로 갔습니다.

천주성화축제가 열리면 효진이를 기리기 위해

'효정페스티벌'을 엽니다.

음악은 하나님의 소리

음악은 하나님에 가장 가까운 소리
대자연의 살아 숨쉬는 소리
그 소리 온몸에 순식간에 퍼지면
그 리듬은 온갖 빛깔의 전율로 전해지네.
태초에 말씀은 음악의 말씀
그 리듬 새겨져 만물이 자태를 갖추었네.
빛과 소리는 흐르는 물과 같아
맑은 마음은 세상에 덕으로 비추었네.
음악에서 인생은 완성되네.
음악은 사물에 숨겨진 존재 그 자체.

음악은 하나님의 마음을 가장 빨리 전하는
신(神)의 예술, 심정(心情)의 예술
천주는 온통 소리로 가득 찬 세계
음악은 지금, 여기에 신이 내리는 선물
음악은 하나님의 상징, 하나님의 마음
음악은 지금, 살아 있는 하나님의 기운생동
음악은 찬란한 빛, 소리의 빛
문총재 성화 4주년 때부터 시작된 추모제
"하늘에 대한 효정, 세상의 빛으로"는
효진, 흥진 두 효자의 효심이 빛으로 승화하는 축제

어머니의 시간에는 밥이 사랑이다

밥이 사랑이고, 밥이 신이네.
어머니의 시간에는 밥이 사랑이네.
남아프리카공화국의 아들 하데베 선지자는
공항에서 나를 보자마자 잃었던 어머니를 만난 것처럼
"어머님! 뵙고 싶었습니다. 남아공 어머님 집에 오신 것을 축하합니다."라고 웃으면서 꽃다발을 건넸네.
"오늘 내가 오자, 비가 내렸는데, 비는 아주 귀한 분의 축복이라 들었습니다."라고 나는 응답했네.

12월 5일은 영적으로 중요한 날
하베데 선지자는 매년 이날 산에 올라
하늘의 소명에 감사했네. 이날은
하베데가 만델라 대통령의 서거를 예언한 날
나는 하베데에게 잔치국수를 점심으로 차려주었네.
잔치국수는 천륜으로 이어진 모자지간의 사랑
참아버님 천주 성화 7주년 행사에 하데베가 왔을 때
나는 발왕산 정상에서 기도를 드렸네.

인간의 길(道), 하나님의 길(道)

깊은 숲속에 난 작은 오솔길
누군가 나뭇가지를 쳐내고
생채기가 나면서 길을 냈습니다.
처음으로 길은 낸 사람 덕택에 사람들은
편리하게 길을 오고 갑니다.
사람들 사이에 길은 내는 것은 더 어렵습니다.
사람들의 의지는 숲속의 가시덤불보다 셉니다.
의지에 반하면 길을 열지 않습니다.

나는 평생 사람들의 마음을 열어
한 가족이 되도록 땀과 눈물을 흘렸습니다.
누구도 가지 않는 길은 개척하고
가장 험한 곳에서 세계인을 품에 안았습니다.
누구라도 도망치고 싶은 처지에서
인류구원과 세계평화를 위해 참사람을 실천해왔습니다.
나를 비난하는 원수까지도 용서하고 품어
감동의 눈물을 흘리게 했습니다.
한은 하나, 하나는 하나님
하나님은 하나입니다.
우리 모두 하나가 되는 게 하나님입니다.

이제 섭리의 봄을 맞았습니다.

봄은 농부에게 가장 바쁜 계절입니다.

섭리의 봄을 맞은 천일국 백성들은

본연의 세계를 위해 최선을 다해야 합니다.

자신의 종족을 책임지고

국가적 기반에서 메시아의 책임을 다해야 합니다.

그런 천명 앞에 우리는 서 있습니다.

이제 섭리를 드러내야 합니다.

해바라기처럼 하나님의 꿈을 향해 정렬해야 합니다.

독생녀와 함께 하는 시간은 황금기입니다.

지상천국에 살아야 천상천국에 갈 수 있습니다.

나의 생활철학은 '위하는' 것입니다.

나는 곤궁에 처한 사람을 보면

내가 지난 모든 것을 주었습니다.

결혼반지조차 주었습니다.

좋은 것을 다른 사람에게 줄 수 있는 세계는

기쁨의 세계가 됩니다.

우리부부처럼 자신에 철저한 구두쇠는 없습니다.

비가 오는 날에는 선교사들이

낯선 땅에서 처마 끝을 바라보며 밤을 지새울 텐데

내가 어찌 맛있는 밥을 먹고 편히 잠을 잘 수 있습니까.

우리의 제일 가까운 스승은 자신의 마음입니다.

그 마음에는 우리를 사랑하시는 하나님이 내재해 계십니다. 그 진정한 소리를 들을 줄 알아야 합니다.

마음 가운데 계신 하나님의 음성을 들을 줄 알아야 합니다.

자신을 갈고닦아 마음이 속삭이는 소리, 하나님이 들려주는 소리를 들을 줄 아는 자리까지 나아가야 합니다.

마음은 영원한 나의 주인입니다. 마음의 기도는 하나님과의 유일한 통로입니다.

기도는 깨달음이고 깨달음은 기도입니다.

🌙 어머니의 수레바퀴

어머니의 수레바퀴는 용서의 바퀴입니다.
어머니의 수레바퀴는 생명의 바퀴입니다.
여성은 바다입니다. 바다는 어머니입니다.
여성과 바다는 가없는 평화를 상징합니다.
바다의 심연은 마치 어머니 가슴 같은 평화입니다.
나이아가라, 이구아수폭포 앞에 서면
압도적인 풍광 앞에 우리는 말문을 닫습니다.
크고 작은 물줄기의 목표는 바다입니다.

큰 물줄기를 향해 가지 않겠다고
멈칫거리거나 정지하는 물은 썩고 맙니다.
고인 물이 썩듯 종교들이 자기교리에만 집착한다면
길이 막혀 썩을 것입니다.
하나님의 본질을 설명할 수 있는 종교가 나와야
세상은 다시 평안해질 수 있습니다.
하늘을 부모로 인간을 자녀로 모시는 종교가 나와야
우리는 하나님 앞에 떳떳이 나설 수 있습니다.

예수님은 다시 와서 어린양 혼인잔치를 하겠다고
약속했습니다. 재림의 때를 맞아

각 문화권에서 기다렸습니다.

하늘은 기원전에 동이족인 한민족을 선택했습니다.

참아버지는 1920년에, 참어머님은 1943년에

하늘부모는 천지인참부모로 각각 태어났습니다.

1784년에 한반도에 기독교가 들어왔으며

1920년에 독생자가 태어났습니다.

1943에 독생녀가 태어났습니다.

1950년에 한국전쟁이 일어났습니다.

1960년에 참부모의 자리로 나아갔습니다.

2018년 초 무슬림나라인 세네갈에서

아프리카서밋을 거행했습니다.

아프리카 정상과 족장, 종단장들은 하나같이

하늘을 받들기로 약속했습니다.

검은 대륙 아프리카는 여성의 나라입니다.

여성의 나라는 독생녀를 통해 축복을 받았습니다.

하늘나라는 이제 종착점에 도착했습니다.

이제 새 시대, 천일국시대가 바로 눈앞에 왔습니다.

새 시대는 새 옷을 갈아입어야 하고

효자, 효녀, 충신이 중심인물이 되는 시대입니다.

나는 2018년 8월 브라질에서 열린 중남미월드서밋에서

"기독교는 이제 생명을 탄생시킬 수 없는 무정란과 같다."고 말했습

니다.

그 자리에는 천주교 추기경, 종단장들이 참석했습니다.
후천개벽의 시대, 새로운 기원을 연 시대는
여성에 의해, 독생녀에 의해 거듭나야 합니다.

나는 독생녀, 참어머니, 우주의 어머니
성경에도 "메시아를 거역하면 용서가 있으되
성령을 거역하면 용서가 없다."고 말합니다.
여성은 성령, 하늘과 땅을 잇는 영매입니다.
생명을 얻으려면 어머니를 통하지 않으면 안됩니다.
모든 여성의 수태는 무염수태입니다.
나는 언제나 마음을 용서합니다.
열고 일곱 번씩, 일흔 번을 용서하는
참어머니, 용서의 어머니, 평화의 어머니입니다.

참부모만이 삶의 나침반

내가 걸어온 길은 높은 산을 허물고
깊은 골짜기를 메우며 넘어야 하는
고난과 눈물의 연속이었습니다.
참부모의 길을 걸으며 우리부부는 늘 한결 같았습니다.
하나님 앞에 효정의 도리를 다하고
평화세계를 이루기 위한 노정이었습니다.
예수님은 "나는 하나님의 아들이다. 하나님은 내 아버지다." "나는
독생자"
독생자에게는 독생녀가 필요합니다.
독생자는 신랑, 독생녀는 신부
독생자와 독생녀가 참가정을 이루었습니다.

예수님은 "나는 길이요, 진리요, 생명이다."라고 말했습니다. 여기엔
사랑이 빠졌습니다.
참부모에 의한 축복결혼을 통해서만이
참생명과 참사랑의 길로 나아갈 수 있습니다.
참부모는 영원한 진리요, 사랑이요, 말씀입니다.
참부모가 여러분 곁에 있다는 것은
무섭고도 기쁜 진실입니다.
하나님의 최고의 선물은

우리가 참부모의 자녀가 되고
참부모로 거듭나는 것입니다.
우리는 생명길에 동참해야 합니다.

🌙 슬프고 아름다운 고레섬

1.
고레섬이라고 하면
고래가 많이 잡히는 섬인 줄 알지만
사람을 많이 잡아 노예로 팔았던 섬

고레섬은 지상에서 가장 아름다운
그러나 가장 슬픈 섬이랍니다.
고레섬의 눈물은 세상의 바다를 덮고도 남을 겁니다.

저 바다만이 해저 깊숙이 숨겨
때때로 혼자 달래는 해조음
침묵의 바다가 들려주는 노예의 곡성

아프리카 서북부, 북남미 대륙에 가장 가까운
대서양을 향해 돌출한 세네갈
그 지리적 이점이 노예섬이 된 이유랍니다.

그리스도의 이름으로 사람을 노예로 만든
선교사들이 그 일에 앞잡이가 된
한이 서린 섬, 작은 섬 고레섬

2.
남자, 여자, 어린이 할 것 없이 노예사냥으로
노예수용소로 돌변한 지옥의 묵시록
3백 년 동안 2천만 명이 노예가 되었답니다.

유럽풍의 호사스런 집 뒤로 노예들을 가둬놓았던
창도 없고 음침하고 좁고 더러운 수용소
짐승처럼 묶여 있다가 돌아올 수 없는 돌문을 넘었네.

그 문 앞에 서면 비명과 통곡소리
백인들은 간혹 참회의 기도를 하지만
흑인들의 비참과 울분을 달래주지는 못합니다.

검은 대륙, 아프리카여 더 이상 아프지 마라.
여기 평화의 어머니가 사랑과 가슴으로 품어
흑진주의 눈물을 하나님에게 고해 바쳤네.

돌아오지 못하는 돌문 앞에서 석상이 된 채
난, 해원의 기도를 눈물로 올리고 또 올렸네.
아프리카여, 더 이상 아프지 마라. 아프지 마라.

🌙 현해탄의 징검다리

수천 명의 일본식구들이 현해탄을 넘어
성지순례하는 모습은 거대한 파도가 몰려오는 장관
누가 이 수천의 발길을 이끌었던가.

범냇골 성지, 청파동 교회
일본식구들의 발길은 눈물과 기도로 얼룩져
어머니의 나라 소임을 배우네.

아버지의 나라, 한국의 성지를 찾은,
해외에서 제일 먼저 통일교의 깃발을 꽂은
일본식구들의 회한의 눈물, 속죄여!

그 열성적 신앙과 회한의 징검다리
한일해저터널이 되어 피스로드의 선봉에 설 때
해와의 나라, 세계평화의 책임을 다하리.

일본교회는 처음엔 식구수가 수십 명에 불과하였네.
교회 옆에는 '화랑'이라는 작은 수련소도 있었네.
신라시대 화랑도의 뜻을 받들어 붙인 그 이름!

참부모는 일본을 '어머니의 나라'로 축복했네.
어머니의 심정으로 희생의 길을 가야 하는
일본통일교, 어머니의 숙명이여! 기쁨으로 열매 맺으리!

남미대륙의 슬픔

서러움으로 말하면
남미대륙도 아프리카 못지 않네.
자원이 많은 것이 화근이 된 이곳

5백 년 가까운 서구의 식민지배
유럽사람들은 단지 다이아몬드를 얻기 위해
전염병을 확산시키고 원주민을 멸종시켰네.

세계대전후 독립을 했지만
공산세력의 득세로 내전과 가난에 휩싸였네.
공항에 내리면 죽은 영혼들을 위해 해원기도부터 했네.

순박한 이곳 사람들은 땀 흘려 일하고
원시의 풍요한 자연 속에서 신앙심도 높아
법 없어도 잘 사는 사람들이네.

순진한 남미대륙은 아직도 공산사회주의에,
지상천국과 평등사상에 귀가 솔깃하네.
순진순박한 자의 역사적 어리석음이여!

🌙 자연 그대로가 가장 아름답죠

언제나 봄여름인 남미대륙은
언제나 꽃이 피고 먹을 것이 많습니다.
브라질 자르딘은 생명의 교향악이 울리는 곳입니다.

늘 푸른 땅에서 여러 동식물들과 함께 사는 것은
그것 자체가 이미 지상낙원입니다.
호수처럼 맑은 강과 수많은 폭포

자르딘 농장은 하나님의 에덴동산을 그렸습니다.
또 하나의 지상낙원 판타날은 파라과이강을 끼고
대자연의 파노라마를 보여줍니다.

나는 남미에서 여러 번 눈물을 흘렸습니다.
광활한 땅에서 힘겹게 살아가는 모습에 탄식했고,
배우지 못하는 아이들을 보면서 마음이 미어졌습니다.
"후일에 다시 찾아와 행복의 땅으로 만들겠습니다."
"아버지, 잊지 마세요."

우리는 자연을 배워야만
자연으로 대변되는 하나님의 창조에 얽힌

신비한 진실을 깨달을 수 있습니다.

하나님께서 만물을 창조하였을 때
느꼈던 한없는 기쁨과 사랑을 느낄 수 있습니다.
하나님 아래 인류는 한 가족
한, 하나는 하나님! 하나님은 하나, 한

아프리카 의인, 세 아들

하나님을 모시기 위한 신(神)종족,
신(神)국가, 신(神)세계 창건을 위한 노정을 앞두고
윤영호 본부장은 문총재로부터 계시를 통해
세 개의 열쇠를 받았다.

세 개의 열쇠는 아프리카 3명의 의인을 상징하네.
세네갈의 만수로 듀프, 남아공의 하데베 종단장,
짐바브웨의 은당가 대주교, 아프리카의 세 아들이네.

세네갈 만수로는 '2017년 월드서밋'을 앞두고 마키 살 대통령에게 "참어머니를 모시지 않으면 아프리카의 역사를 맡길 곳이 없다."고 호소했다.

인류구원의 섭리를 들은 마키 살 대통령은 "참어머님의 아들이 되겠습니다."라고 고백했다.

"나는 참어머님과 함께 신아프리카를 건설하고 싶습니다."

만수로는 세네갈에서 열린 '월드서밋 아프리카 2018'에서 독생녀의 현현을 열렬히 환영했다.

하늘은 5백만 명의 신도를 거느린 남아공의 선지자 사무엘 하데베를 예비했습니다.

'2019 남아프리카공화국 효정패밀리 10만 축복축제' 때 하베데는 독생녀를 증거했습니다.

"평화운동을 위해 평생을 바쳐 온 한학자총재를 독생녀 참어머님으로 남아공과 함께 아프리카가 환영한다."

2017년 11월 11일 짐바브웨의 요하네스 은당가 대주교는 서울 월드컵경기장에서 열린 '한반도 평화통일대회'에 참석하고 돌아갔습니다.

그때 마침 쿠데타가 일어났습니다. 다른 장관들은 공항에서 체포되어 끌려갔지만 은당가 대주교는 무사했습니다. 그는 '참어머님의 기적'이라고 고백합니다.

은당가 대주교는 "하늘의 계시로 참어머님을 알게 되었습니다. 참부모님의 아들로 태어난 것을 감사드리며, 나는 기필코 참부모님의 왕국을 건설하고 싶습니다."라고 말합니다.

은당가는 2017년 축복식에서 축사자로 참가했습니다.

그런데 뜻밖에 "축사자가 아니라 손수 축복을 받으라."라는 하늘의 계시가 내렸습니다. 그는 축복을 받았습니다.

9백만 명의 신도를 거느린 대주교 은당가는 6만쌍의 축복을 성공리에 마쳤다. 그는 "어머니는 이제껏 인류가 고대하고 찾던 참어머님입니다."라고 증거합니다.

국가복귀 첫 모델, 상투메프린시페

상투메프린시페는
서아프리카 기니만의 조그만 섬나라
국가복귀 첫 국가로 '신(神)상투메'로 새롭게 국가명명

　세계정상연합 아프리카위원장인 나이지리아 전대통령의 소개로 무대에 올라온 카류발류 대통령은 "신상투메를 축복하고 참어머님과 하나 되어 천국의 모델을 만들자."고 제안했다.

　카류발류 대통령은 "참어머님을 모실 수 있어 너무나 기쁘고 가슴이 벅찹니다. 상투메프린시페는 참어머님이 바라시는 천국의 모델이 될 것입니다."라고 포부를 밝혔다.

　"상투메는 어머니의 것이고 어머니의 나라니 언제든 오십시오."

사지가 생지 되고, 생지가 신지 되게 하소서

캄보디아의 두 얼굴

앙코르와트의 영광, 킬링필드의 저주

앙코르와트는 왕도사원(王都寺院)

킬링필드는 죽음들판

생과 사의 두 얼굴

'아시아태평양 서밋'이 프놈펜 평화궁에서 열렸네.

훈센 총리는 환영회담을 제안했습니다.

나는 이 자리에서 말했습니다.

"이번 서밋은 잃어버렸던 창조주 하나님이 우리의 부모임을 알리는 목적입니다. 아시아태평양의 정상회의는 하늘을 모시는 자리이기에 미래는 희망적입니다."

훈센 총리가 화답했습니다.

"나는 아시아태평양유니언을 지지합니다. 한학자 총재님의 아시아유니언에 저희도 동참하고 싶습니다."

54개국 7백여명의 지도자가 참석한 이 자리에서 나는 말했습니다.

'하늘섭리의 완성을 향한 우리의 책임'이란 제목으로 마지막 섭리의 종착역인 태평양문명권 시대의 안착에 관해 연설했습니다.

훈센 총리는 아시아태평양유니언지지 의사를 '프놈펜 선언'에 담았습니다.

'먼저 된 자가 나중 되고, 나중 된 자가 먼저 된다'는 말처럼 캄보디아
는 열렬한 나의 지지국가가 되었습니다.

하루의 섭리적 행보가
천년의 섭리적 행보
응축된 시간이 흘렀습니다.
나는 '하늘부모님과 참아버님께서 참 기뻐하셨겠다'고 생각했습니다.
다음날 열린 '평화로운 나라 구축을 위한 청년가정축제'가 열렸습니다.
나는 캄보디아가 하늘부모님께서 임재하실 수 있는 '신(神)캄보디아'가
되기를 축복했습니다.

캄보디아의 두 얼굴
캄보디아, 신(神)캄보디아
사지가 생지 되고
생지가 신지 되는 캄보디아
인류의 어머니
천주의 어머니
평화의 어머니가 오셨네.

태평양(太平洋), 큰 평화의 어머니

바다, 여성, 평화
해양은 여성, 어머니를 상징하네.
어머니는 사랑의 원천
어머니는 평화의 원천
태평양(太平洋)은 큰 평화의 어머니
빼앗고 정복하는 남성주도의 문명권은
주고 또 주는 여성주도의 문명권으로 바뀌네.
여성주도 문명권은 심정과 효정의 문화

태평양문명권은 인류의 참어머니를 요청하네.
참어머니는 하나님 어머니
하늘어머니, 독생녀
어머니에겐 자식 자체가 효(孝)덩어리라네.
해(日)바라기는
효(孝)바라기가 되었네.
천명(天命)의 하나님은
천정(天情)의 하나님이 되었네.

평화의 어머니, 무슬림을 품다

"참어머님께서 니제르에 오신다니 마음이 너무 설레요."
니체르 정부는 최고의 예를 갖춰 영접했다.
이수프 대통령은 나를 '평화의 어머니'로 증거하며
대한민국에 진심어린 애정과 존경을 표했네.
2019년 니제르에서 '2019년 아프리카서밋'과 국가주관 참가정 축복
식이 열렸네.
대통령은 "어머님, 저를 믿어주셔서 감사합니다."라고 인사했네. 나
는 서밋의 대승리를 하늘 앞에 봉헌했네.

축복식에는 니제르 총리와 국회의장이
국가와 국민을 대표해서 나란히 입장했네.
무슬림 전통복장을 입고 입장했네.
축복식은 무슬림 국가주관 성수의식으로 시작되었네.

축복식이 끝나자 세계 곳곳에서 메시지가 당도했네.
"평화의 어머니, 참어머님께서 무슬림을 품으셨습니다."
독생녀, 우주의 어머니
하나님 어머니.

🌙 마더(Mother) 문(Moon)

아프리카에서 비는 축복

남아공에서 폭우는 하늘의 기쁨의 눈물

FNB주경기장에서 역사적인 '아프리카 대륙 단위 20만 명 축복식'이
열리던 날

성수축복을 받을 신랑신부들은 큰 함성과 박수로

"마더 문, 마더 문"을 외쳤네.

폭우처럼 쏟아지는 기쁨과 축복

하데베 선지자는 자랑스럽게 말했습니다.

"어머님! 스타디움을 가득 채웠습니다."

아프리카 대륙에서 처음 열린 대륙 단위 축복식

54개국을 대표한

미혼 54쌍, 기성 54쌍, 지도자 54쌍

아프리카는 신(神)아프리카로 다시 태어났네.

오색 인종을 하나로 만드시는 독생녀, 참어머님

하나님은 하나, 한

한은 하나, 하나님

신통일세계, 대양주에 깃발을 꽂다

팔라우 아시아태평양유니언 희망전진대회는
천상(靈界)를 대표해 성화한 장남 문효진(문연아),
차남 문흥진(문훈숙) 가정이,
도미니카공화국 대회에는 지상(육계)을 대표한
5녀 문선진(박인섭) 가정이 특사로 참석했다.

팔라우는 약 340개 섬들로 이루어진
태초의 창조본연의 아름다움을 간직한 곳
특별히 2019년 서밋을 '영부인서밋'으로 정했네.
팔라우는 모계사회로, 이미 어머니가 중심이 된 곳.

태평양 문명권의 안착을 위해
여성이 선두에서 전개해야 하는 후천(後天)섭리에
대양주의 모계사회 팔라우는 안성맞춤의 나라.
데비 영부인과 전직 영부인 8명이 참석했네.

청명한 하늘, 쏟아질 것 같은 별들의 향연 속에서
참어머니를 그리워하는 전야 만찬은 '그리움의 만찬'
토미 레멩게사우 대통령은 겸손하게도
"오늘은 이번 서밋의 주최자인 제 아내의 초청을 받아 손님으로 왔습니다."라고 말했다.

문총재는 1992년 '통일세계는 대양주로부터' 휘호를
내리고 대양주 복귀를 위해 정성을 쏟았다.
문총재는 과거 '환태평양 시대의 도래'를 선포하고
아시아·태평양 시대의 섭리를 강조했네.

'천일국 안착을 위한 천주의 가나안 40일 노정' 가운데
캄보디아 희망전진대회에서 국가 단위 지지를
대만 희망전진대회에서 중화권의 지지를
니제르에서는 아프리카 대륙 단위 지지를
팔라우에서 아시아태평양유니언 지지를 이끌어냈다.

넓은 바다 같은 어머니의 마음으로
허물을 덮어주고 사랑하는 어머니의 마음으로
한밤중 아들딸에게 이불을 덮어주는 마음으로
신통일세계를 이루고자 깨어있는 어머니

독생녀, 신의 여성성

나는 하늘부모님과 인류를 위해 온 독생녀!
"이런 진실을 우리는 왜 이제야 깨닫게 되었는가.
이 당연한 사실을 왜 이제껏 생각하지 못했을까.
21세기 참부모 시대에 선민은 누구입니까."

2019년 4월과 6월에 로스앤젤레스와 라스베이거스에서
축복식과 희망전진대회가 있었네.
오바마 전 대통령의 멘토인 노엘 존스 주교[1]는
이 시대 의인(義人)으로 나를 '평화의 어머니'로 증거했네.

"참어머님께서는 미국 성직자뿐만 아니라 우리 모두에게 특별한 비전을 주셨습니다. 누가 이렇게 위대한 비전을 실천할 수 있겠습니까."
"통일교회 관련 루머들, '사이비, 이단'이라는 말에 눈과 귀를 막았습니다."
"문선명, 한학자 총재에게 하늘의 인도하심이 없었다면 기적과 같은 업적을 도저히 이룰 수 없다는 강렬한 영감을 받았다."

"종교관이 달라졌다. 새로운 기독교인으로 태어난 기분이다."

---

1) 시티 오브 레퓨지교회

"왜 이단이라고 반대했을까? 알아보지도 않고 다른 사람의 말만 듣고 반대했던 것이 후회스럽다."

"가슴속에 진한 감동이 밀려왔다."

"한학자 총재가 독생녀라는 깨달음과 참가정의 원리로 순결한 에덴동산을 만들겠다는 말씀에 감동했다."

하늘은 한민족을 택했다. 아! 1943년 독생녀를 탄생시켰네.

"독생녀 참어머니가 인도하는 이 축복이야말로 6천 년간 기다려온 인류의 꿈이며 하늘부모님의 소원인 것을 알아야 합니다."

나는 이 말씀을 선포하는 내내 눈물을 흘렸습니다.

참아버님의 천주성화 이후 겪었던
7년간 천주사적 승리의 노정
7개국 국가복귀, 7개 대륙복귀, 7개 종단복귀
독생녀가 마지막으로 완성해야 할 임무였네.

☪ 천승전(天勝殿) 봉헌

천일국 안착을 위한 천주적 가나안노정 승리를 기념해
천일국 8년 천승전(天勝殿)이 하늘부모님께 봉헌되었네.
축복가정들에게 하늘부모님의 천운과
참부모님 승리의 위업과 운세를
상속해주시고자 핸드프린팅을 남겨 축복했네.
하늘승리의 집, 천승전
천주적 가나안 7년노정 승리를 기념했네.
참아버님 성화 이후
7년간 천주사적 승리의 노정을 걸으셨네.
7개국 국가복귀, 대륙복귀, 종단복귀의 성업을 성취하고
천일국 안착(安着)을 선포하셨네.

천일국 8년, 천력 8월 12일(2020. 9. 28)
하늘부모님께 봉헌되었네.
7년간의 천주사적 승리의 노정 끝에
하늘승리를 기념하는 전당을 봉축했네.
하늘에서는 영광, 땅에서도 찬송
독생녀의 실체적 드러남으로 인해
하늘가정은 완성되었네.
참어머님은 천승전을 찾는 모든 축복가정에

하늘부모님의 천운과 참부모님의 승리의
위업과 운세를 상속해 주셨네.
참어머님의 핸드프린팅을 남겨 축복해 주셨네.

하늘에 새긴 승리의 족적이여!
다섯 손가락, 손금 마디마디에
승리의 노고가 금강석처럼 맺혔네.
포도송이처럼 알알이 맺혔네.
금강산 산수를 배경으로 최종 안착한
동판에 새겨진 자비와 평화의 손이여!
그 흔적 영원히 남으리다.
천승전 문기둥에 새겨진
2020년 1월 13일 한학자!
천승전 정원에 세워진
후천개벽의 영광의 독생녀상이여!
여성해방의 참어머니여!

🌙 가슴에 묻은 빛바랜 사진 한 장

가슴에 묻은 빛바랜 사진 한 장
한 여인이 여자아이를 업고
손에는 태극기를 들고 서 있습니다.
내 고향 평안도 안주의 어딘가에서 찍었을 사진

1919년 3월 초하루
조원모 외할머니가 어린 홍순애 어머니를 업고
만세운동에 참가한 모습
삼팔선을 넘어 남으로 올 때, 가져오지 못한
기억으로만 남은 빛바랜 사진

또 한 장의 빛바랜 사진
1945년 8월 15일
조원모 외할머니가 나를 업고
손에는 역시 태극기를 들고 서 있는 모습
얼굴은 희열에 넘쳐
누구라도 얼싸안고 싶은 표정.

나라를 잃고 비분강개하는 모습과
나라를 되찾아 뛸 듯이 기뻐하는 표정

이 두 장의 사진은 내 생애 가장 중요한 사진
삶의 디딤돌, 이정표.

안중근의사 어머니가 아들에게 수의를 지어 보냈듯이
사생결단으로 우리부부는 공산국가에 말했네.
소련 크렘린궁에서 하나님을 받아들이라고.
북한 주석궁에서도 주체사상을 버리라고.
하늘부모님은 위기 때마다 불기둥과 구름기둥으로 인도했네.

나는 참아버님 성체 앞에서
"생이 다하는 날까지 이 땅에 천일국을 정착시키겠다."고 눈물로 다
짐했네.
이제 문명의 결실은 대한민국을 중심으로 추수하네.
태평양문명은 한국에서 결실을 맺네.
이것은 하늘의 천명(天命)

평화의 어머니
독생녀가 탄생했네.
천일국안착시의(安着侍義)의 시대
희망봉에 올라 환호하네.

후천개벽, 돌고 도는 천지인

천지가 바뀌니 지천이 되었네.
하늘과 땅은 자리를 바꾸었네.
천지중인간(天地中人間)
인중천지일(人中天地一)

하늘은 사람을 낳고 만물을 낳았네.
하늘은 만물을 낳고 사람을 낳았네.
만물은 사람을 낳고 사람은 하늘을 낳았네.
하늘, 땅, 사람은 서로 물고 돌아가네.

하늘은 남자를 낳고 여자를 낳았네.
하늘은 여자를 낳고 남자를 낳았네.
하늘은 남자의 갈비뼈로 여자를 만들었네.
하늘은 여자의 자궁으로 남자를 만들었네.

역사의 상속자는 남자
자연의 상속자는 여자
기계의 아버지는 남자
남자의 어머니는 여자

여자의 자궁은 하늘의 궁전
남자의 궁전은 사람의 궁전
남자의 궁전은 전쟁의 궁전
여자의 궁전은 생명의 궁전

가정은 여자의 생명의 궁전
국가는 남자의 권력의 궁전
국가는 남자의 전쟁의 궁전
가정은 여자의 평화의 궁전

철학의 아버지는 남자
노래의 어머니는 여자
노동의 아버지는 남자
놀이의 어머니는 여자

신은 절대
자연은 상대
인간은 절대상대
이 셋은 돌고 도는 천지인

얼씨구씨구 돌아간다.
절씨구씨구 돌아간다.
아리랑쓰리랑 아라리요.

이리랑고개를 넘어간다.

한은 하나, 하나는 하나님
하나님은 하나, 하나는 한
알(생명)-나-스스로-하나
알다-나다-살다-하나되다.

신은 하나님
영혼은 인간
자연은 존재
문화는 존재자

하늘부모 천부모
하늘부모 천주부모
하늘땅부모 천지부모
인간부모 천지인참부모

하늘부모성회는 하나님을 다시 찾은 성회
하늘부모성회는 자연을 다시 찾은 성회
하늘부모성회는 인간을 다시 찾은 성회
하늘부모성회는 성스러움을 다시 찾은 성회.

9수를 10에 바치네.

머리를 십에 바치네.
남자를 여자에 바치네.
인간을 자연에 바치네.

마음은 몸,
둘은 하나라네.
몸은 마음,
둘은 선후가 없네.

둘은 상하가 없네.
둘은 좌우가 없네.
둘은 내외가 없네.
선후, 상하, 좌우, 내외가 없네.

그동안 고생 많았습니다.
이제 기쁨만이 있을 겁니다.
감사합니다. 고맙습니다.
감, 곰, 여기에 신이 있네.

천지인참부모, 천지참부모

하늘에서 울리는 소리
천지인참부모, 천지부모
땅에서 울리는 소리
천지인참부모. 천지부모
마음속에서 울리는 소리
천지인참부모, 천지부모

그 옛날
관세음보살 나무아비타불
이제
천지인참부모, 천지참부모
천지인참부모, 평화참부모

하늘에서는 영광
땅에서는 찬송
사람에게는 평화
천지인참부모, 천지참부모
천지인참부모, 평화참부모

하늘부모 억만세

천지인참부모 억만세
세계평화통일가정연합 억만세
하늘부모님성회 억만세
천지인참부모, 천지참부모
천지인참부모, 평화참부모

4

하늘부모, 천지부모, 천지인참부모

🌙 한원집

1.
동방 제 1경
선인봉 아래 한원집
산 겹겹 물 중중

어디선가 학(鶴) 한 쌍 날아와
사뿐히 날개 접고
물끄러미 고요를 즐기는 호반

검은 머리 가지런히 땋은
요조숙녀 새색시
동방미인의 기품이로다.

어머니 뱃속처럼 포근한
생명의 물안개 피는
달항아리 같은 청평호수

하나님도 제 모습에 취해
잠시 쉬어가는 집
어머니 같은 집

2.
바다로 가기 전
한강이 선경(仙境)을 이룬
호수정원 같은 한원집

남한강, 북한강
두물이 만나 한강을 이루기 전
감추어 둔 비경에 꿈처럼 들어앉았네.

위대한 '한'이여! '한민족'이여!
한의 강, 한의 원. 한의 집
한은 하나, 하나는 하나님

그 옛날 태초의 어머니
복중(腹中) 같은, 품속 같은 호수
생명이 움트는 소리

세계가 이 원점에 모여
칭송하는 소리 들리네.
어머니! 어머니!

효정나무

1.
한원천운길 오르면
전설의 아름드리 느릅나무 한그루
어머니나무로 불리는 효정(孝情)나무

한 어머니 탄생할 때
한 느릅나무 몰래 자라
79년 만에 천지조응(天地照應)한 기적일세.

어디선가 한 바람 불어오면
오늘도 메아리치는 그리운 소리
"엄마 손은 약손…"

배고플 땐 제 몸 떼어
배고픔 면하게 하고
다쳤을 땐 동여매어 낫게 해준

평화를 위해 헌신한 일생
그 전설 알알이 알알이 맺히고
주저리 주저리 전해지리.

2.
단군할아버지,
마고할미 때부터
우린 너를 섬기고 사랑했네.

마을 어귀마다 서 있던 수호신
하늘 높이 오르던 너를
우주목(宇宙木)으로 우러렀네.

신은 멀리 있지 않네.
감사합니다, 하면 신이 내리고
사랑합니다, 하면 온 몸에 스미네.

벗이여, 몸마음 아플 땐
천운길 올라 '감사축행부(感思祝幸富)' 되뇌소서.
우린 저마다 축복하는 인간이 되어야 하네.

효정나무, 어머니나무를 타고
영혼은 하늘로, 하늘로 올라 구원을 받고
백골은 땅으로, 땅으로 내려와 안식하네.

백색궁전, 천원궁 천일성전

－ 천원궁 천일성전 봉헌식(2023년 5월7일)을 찬미하며

세계인이여, 찬미하라! 경배하라!
천성산(天聖山) 아래 백색 천원궁(天苑宮)
6천 년의 구원의 염원(念願) 끝에
인류 제 3 궁전(宮殿)의 위용을 뽐내도다.
바티칸, 소피아 성전이 무색하구나.
미래 초종교·초국가의 대성전이로다.

태초 때부터 하나님을 섬겨온
천손(天孫)의 나라, 가평 설악에
눈부신 흰빛 자태를 드러내었구나.
흰빛 비둘기 평화의 노래를 부르도다.
천지인(天地人), 삼일사상의 나라에
하늘부모, 천지인참부모 모셔져 있네.

천일성전 메인 홀은 12줄기 하늘 광채
나전칠기 성화(聖畵) 14점이 후광을 발하네.
왼쪽 벽에 참부모의 길 성화 7점
오른쪽 벽에는 천일국안착의 길 성화 7점
놀랍도다, 독생녀·독생자 탄생, 생애노정
천주천일국과 백성전통을 돋을 새겼네.

보라, 하늘섭리의 완성, 인류역사의 완성을!
새 진리선포와 세계복귀초석, 참부모현현,
통일세계, 평화이상실현, 천주성화를!
보라, 세계순회강연, 천일국창건과 안착,
지구환경보전, 평화환경창조, 천일국백성전통을!
홀 바닥은 8개 대륙 꽃들이 양탄자를 수놓았네.

천정궁(天正宮), 천승전(天勝殿)과 더불어
천지인을 상징하는 인류의 성전이로다.
화조원(花鳥苑)에선 꽃과 새들도 노래하도다.
첩첩 산들은 일렬횡대로 병풍처럼 도열해 고개 숙이고
청평(淸平)호반은 새 생명을 잉태하도다.
신선봉과 오벨리스크 천승탑이 음양조화를 이루도다.

문명은 동서를 휘돌아 아시아태평양시대를 이루고
제 3 아담의 나라, 한국에 세계궁전을 세우도다.
하늘도 기뻐 노래하고, 땅도 춤추며 즐거워하도다.
오대양 육대주의 신도들이 구름처럼 몰려오며
기도하고, 찬송을 부르면서 평화를 예축하도다.
지천(地天)시대, 여성시대에 새 기원이 시작되도다.

얼씨구절씨구 춤추어라. 어기여차 배 띄워라.
남녀노소 하나 되고, 오색인종 교차축복하니

세계는 하나로다, 세계는 천일국이로다.

신부가 신랑을 기다리던 선천(先天)의 세계가 드디어

신랑이 신부를 기다리는 후천(後天)의 세계로 변했도다.

독생녀, 평화의 어머니가 세계평화를 이룰 대성전이로다.

(2023년 5월 8일, 세계일보에 게재)

어머니를 그리워하면

1.
어머니를 그리워하면
어떤 자녀도 저절로 선량해지는 까닭을 아는가.
어머니는 존재의 근본이기 때문이외다.

하늘말씀의 씨앗이
어머니의 복중에서 육신을 얻어 살찌고
끝내 달콤한 과즙을 물씬 풍기며 완성되도다.

사람이 완성되려면 날마다
육신을 낳아준 어머니의 은혜에 감사하고
믿음을 얻고 새롭게 되어 하나님을 만나야 하리.

어머니를 그리워하면
어떤 죄인도 눈물짓고 그 눈물은
하늘을 감동시키어 안식과 평화를 누리게 되리.

말씀의 씨앗이 그리움이 되고
그 그리움이 하늘에 닿으면 영혼은 천상에서
하늘부모님과 함께 성가정을 이루게 되리.

은총이 가득하신 평화의 어머니여!
늦게 돌아온 죄 많은 자식도 눈물로 품에 안도다.
어머니는 존재의 근본이기 때문이외다.

2.
나에게 신이 있다면
오직 어머니뿐이외다.
하나님이라는 말도 싫어하는 하나님이시다.

말씀보다 생명을 실천하는 어머니는
행여 자식들이 아플세라, 다칠세라, 죄스러워하다
죽을 생명을 낳아준 죄스러움에 원죄를 안았을 뿐이외다.

걸음걸음 사랑이고
눈만 뜨면 사랑이고
눈을 감아도 사랑뿐이외다.

낳자마자 젖을 먹이고
똥 기저귀를 좋아라고 마련하시고
똥냄새도 좋아라고 맡으신 어머니외다.

앉으나 서나 사랑이고
말을 가르치고 걸음마를 재촉하신,

행여 어떻게 될세라 잠도 설친 어머니외다.

세상이 말세가 된 것은
여인들이 어머니가 되지 않으려하니
진정 신이 죽었는가, 봅니다.

3.
도덕경의 무명천지지시(無名天地之始)라는 말은
유명천지지시(有名天地之始)로 바꾸어야 합니다.
이름이 있으니 천지의 시작이라는 것이 있는 것입니다.

도덕경의 유명만물지모(有名萬物之母)라는 말은
무명만물지모(無名萬物之母)로 바꾸어야 합니다.
만물이 생겨나고 이름이 붙여졌음을 누구나 아는 진실입니다.

중용의 천명지위성(天命之謂性)이라는 말은
천지명지성(天地命之性)으로 바꾸어야 합니다.
어떻게 어머니인 땅(地)이 없이 성(性)이 이루어집니까.

어머니가 없이 세상이 이루어졌다고 하니까
오직 패권경쟁만 일어나는 것입니다.
오직 이기적인 사건들만 일어나는 것입니다.

세상이 사랑을 잃어버린 까닭은
어머니가 사라지고 있기 때문이외다.
오직 스스로 그러한 신은 어머니외다.

생명을 이용으로 바꾼 사람들이여!
생명을 지식으로 바꾼 사람들이여!
오직 어머니를 찾으면 구원을 받을 것이외다.

천지부모(天地父母)

부모의 입장에서 보면
부모는 각 개체가 만나서
결혼을 함으로써 하나가 되었다.

자식의 입장에서 보면
부모가 결혼함으로써
'나'라는 존재가 태어났다.

부모는 개체로서 결혼을 하였으니
각 개체로 다시 돌아갈 수 있다.
부모는 더러 이혼을 할 수 있다.

자식은 부모의 결혼에 의해
새로운 개체로 태어났으니
부모는 내속에서 결코 이혼할 수 없다.

부모의 입장에서 보면
세계는 천지중인간(天地中人間)이다.
각자가 천지 사이에 개체로서 인간이다.

자식의 입장에서 보면

세계는 인중천지일(人中天地一)이다.

내 속에 항상 천지부모가 함께 있다.

부모는 둘이면서 하나이다(二而一).

자식은 하나이면서 둘이다(一而二).

부모자식은 하나도 둘도 아니다(不一而不二).

부모가 천지이고, 천지가 부모이다.

하늘부모, 천지부모, 천지인참부모가 여기에 있다.

하나로, 둘로, 셋으로 설명할 수 있다.

세계는 하나로, 둘로, 셋으로 설명할 수 있다.

이것이 천지인삼재요, 삼위일체요, 삼신일체이다.

이것이 선도(仙道)요, 기독교(基督教)요, 불교(佛教)이다.

🌙 인간의 뿌리는

인간의 뿌리는 천상에 있다.
시간과 빛에 있다.

동물의 뿌리는 지표에 있다.
공간과 운동에 있다.

식물의 뿌리는 지하에 있다.
어둠과 양분에 있다.

천지인은 만물의 뿌리
신은 만물의 창조

조화신(造化神)은 창조하는 신과
변화하는 신의 현묘(玄妙)한 조화

자신의 뿌리를 천상에서 찾은 인간은
하늘부모 신을 숭배하지 않을 수 없네.

우리 모두 하늘에 계신 부모를 닮아
참부모가 되어야 하네.

하나님은 저마다의 하나님입니다

1.
하나님은 여호와가 아닙니다.
하나님은 부처님이 아닙니다.
하나님은 만물의 하나님입니다.
하나님은 저마다의 하나님입니다.

하나님은 하나인 하나님입니다.
하나님은 하나로 작용하는 하나님입니다.
하나님은 하나로 되어가는 하나님입니다.
하나님은 Being, doing, becoming의 하나님입니다.

하나님은 하늘의 하나님입니다.
하나님은 땅의 하나님입니다.
하나님은 사람의 하나님입니다.
하나님은 하늘땅사람의 하나님입니다.

하나님은 하늘님의 하나님입니다.
하나님은 하느님의 하나님입니다.
하나님은 혼올님의 하나님입니다.
하나님은 한울님의 하나님입니다.

하나님은 조화신(造化神)의 하나님입니다.

하나님은 치화신(治化神)의 하나님입니다.

하나님은 교화신(敎化神)의 하나님입니다.

하나님은 삼신일신(三神一神)의 하나님입니다.

2.

하나님은 서학(西學)만의 하나님이 아닙니다.

하나님은 동학(東學)만의 하나님이 아닙니다.

하나님은 동서고금(東西古今)의 하나님입니다.

하나님은 중학(中學, 衆學)의 하나님입니다.

하나님은 성부성자성령(聖父聖子聖靈)의 하나님입니다.

하나님은 삼위일체(三位一體)의 하나님입니다.

하나님은 법신보신응신(法身補身應身)의 하나님입니다.

하나님은 삼신일신(三身一身, 三乘一乘)의 하나님입니다.

하나님은 내유신령(內有神靈)의 하나님입니다.

하나님은 외유기화(外有氣化)의 하나님입니다.

하나님은 각지불이(各知不移)의 하나님입니다.

하나님은 무위이화(無爲而化)의 하나님입니다.

하나님은 하늘부모님의 하나님입니다.

하나님은 천지부모님의 하나님입니다.

하나님은 천지인참부모님의 하나님입니다.
하나님은 3.1 부모님의 하나님입니다.

하나님은 자신(自身)의 하나님입니다.
하나님은 자신(自信)의 하나님입니다.
하나님은 자신(自新)의 하나님입니다.
하나님은 자신(自神)의 하나님입니다.

만물에 신이 빛날 때

여러분!
하나님이 하나의 님을 향한 그리움이라면
신과 인간과 만물이 서로 떨어져 있어야 합니까.
아니면, 하나로 함께 있어야 합니까.

하나님이 만물을 창조했다고 해서
그 날로 만물과 떨어져 저 멀리 계시고
절대타자로 분리되어 있다면 그게 하나님입니까.
만물에 신이 빛날 때 하나님이 빛납니다.

하나님이 하나의 님을 향한 열망이라면
신과 인간과 만물이 한 가족이 되어야 합니다.
우리 집에 아버지, 어머니, 아들딸이 있듯이
만물에도 아버지, 어머니, 아들딸이 있습니다.

우리는 너무나 평범한 진리를, 가정의 진리를
너무나 평범하기 때문에 깨닫지 못합니다.
하늘부모, 천지부모, 천지인참부모!
우리 모두 참부모가 될 때 하늘도 부모가 됩니다.

여러분!

태초에 하늘의 시작이 무한 세월을 거쳐

이제 우리 각자의 몸에, 마음에 와 있습니다.

이것이 우리가 하늘인 이유이고, 사명인 이유입니다.

음악에

1.
어머니 같은 예술, 음악이여!
가슴 속속들이, 세포 마디마다 위로가 되는
존재의 일반성에 내려가 기꺼이 흐르는 예술,
뮤즈에 마지막 고마움을 전하노라.

그 자체로 평화로운 음악이여!
소리는 존재적이지만 음악은 주관적이다.
음악은 가장 많은 사람들을 한꺼번에 먹이는
오병이어(五餠二魚)의 기적, 영혼의 감로수(甘露水)

음악은 듣는 즉시 구원이 되는 비존재
결코 실체를 드러내지 않는 존재본질
모든 존재를 담는 보이지 않는 그릇
음악은 순수한 도구일 뿐 힘이 없다.

음악은 시에 가장 가까운 무위(無爲)의 예술
보통사람들의 보잘 것 없는 인생에
가장 낮은 자세로 임하여 가슴을 열어젖히는
우주 전체를 한꺼번에 아우르는 예술

음악은 전쟁을 연주할 수 있지만
음악 그 자체는 평화의 선물
만물을 감싸고 어루만지는 뮤즈의 전령
전쟁은 평화를 위한 전쟁이어도 폭력이다.

2.
개체화된 존재를 다시 하나로 돌리는
뮤즈여, 소리의 고저장단을 통해
존재의 고유성에 도달하는 비극의 탄생
우린 잠시 그대의 마취에 고통을 잊노라.

온몸에 전율을 일으키는 것을 일상으로 여기며
잠자는 옛 신들과 뮤지들을 동시에 깨워
우주를 하나로 만드는 마술을 펼친다.
대지는 음악을 듣기 위해 귀를 세웠나 보다.

때론 격정으로 불같이 타오르지만
끝내 조상(彫像)을 세우지 않는 미덕을 지니고 있다.
현상학적인 미술이나 조각에 비해
존재론적으로 사라지는 것에 익숙한 음악가여!

물은 흘러감으로 인해 유(有)를 통해 무(無)를
불은 불태움으로 인해 무(無)를 통해 유(有)를 깨우친다.

저 텅빈 공간에 수직으로 세워지는 것보다
저 텅빈 공간을 수평으로 가로지르는 리듬이여!

소리가 빛이 되는 신비 속에
성스러움이 만물만상으로 펼쳐지는
영혼을 닮은 음악이여! 구체의 추상이여!
너는 바로 신(神)의 화신(化身)이로구나!

명(名)판관 솔로몬

그대는 어찌 어머니의 마음을 꿰뚫었나.
현명하고 현명한 판관이여!

갓난아이의 배를 갈라 반씩 나누어가지라니!
진정한 어머니는 아이를 포기할 수밖에 없었다.

생명을 살릴 수밖에 없는,
어머니의 마음을 가려낸 지혜여!

어머니의 마음을 모르면 존재를 모른다.
유일한 하늘, 어머니의 마음을 모르면 신을 모른다.

이름과 소유가 필요 없는 어머니를 헤아리는 마음이
그대를 영원한 명(名)판관으로 남게 했소.

🌙 우리 어머니, 우리 아버지

한국인은 왜 어머니, 아버지를
우리 어머니, 우리 아버지라고 할까.
우리 남편, 우리 아내, 우리 아들, 우리 딸
그 옛날 집단주의, 공동체정신의 흔적
우리는 낯선 이와 쉽게 부모, 형제, 자매가 된다.

'나'라는 자아의식이 없었나. 아니다.
'나라'는 '나'의 복수형을 의미하고
'우리나라'는 '나라'의 복수형을 의미한다.
'나'에서 출발한 한국인은 '하나'를 염원한다.
'하나님'은 바로 하나가 되고자하는 믿음이다.

'우리'라는 강력한 마을공동체의식
'우리나라'라는 강력한 국가공동체의식
우리 어머니에 내재하는 하나님 어머니
우리 아버지를 초월하는 하나님 아버지
우리 부모는 저절로 하늘부모이다.

한국인은 '우리'다.
나-너가 분리되기 전의 우리

나-너가 분리된 후에도 우리

'우리'의 원문자는 '울'(울타리)이다.

한국인에겐 천지가 부모이다.

서양의 자유, 평등, 박애보다는

천지인-원방각사상이 우리에게 가깝다.

자유의 여신보다 평화의 어머니가 더 가깝다.

자유는 추상적이라면 평화는 구체적이다.

여신은 추상적이라면 어머니는 구체적이다.

부모의 마음이 되면 하나님이 된다.

부모의 마음이 되면 평화의 마음이 된다.

부모의 마음이 되면 모든 것을 용서하게 된다.

부모의 마음이 되면 모든 존재는 자식이 된다.

부모의 마음이 되면 시작과 끝이 없는 영원이 된다.

원리원본에 대하여

원리(原理)는 아버지적인 신
원리는 아버지적인 부처
원본(原本)은 어머니적인 신
원본은 어머니적인 부처

원리원본(原理原本)은 태극음양의 기독교적인 해석
원리원본은 무극태극(無極太極)의 기독교적인 해석
만유원력(萬有原力)은 만유인력의 태극적인 해석
만유원력은 만유인력의 음양적인 해석

정분합(正分合)은 정반합의 태극적인 해석
정분합은 정반합의 음양적인 해석
종족메시아는 메시아의 천지부모적 해석
종족메시아는 메시아의 태극음양적 해석

유불선기독교가 하나 되면 천지인(天地人)이 하나 되네.
유불선기독교가 하나 되면 신불도(神佛道)가 하나 되네.
통일교가 가정연합이 된 건 태극음양(太極陰陽)의 완성이라네.
메시아가 종족메시아로 완성되는 것은 천지음양의 완성이라네.

🌙 당신의 태어남은 유일무이한 사건

당신의 태어남은 존재가 아니라
신과 잠시도 떨어질 수 없는 유일무이한 사건입니다.
당신의 태어남은 기적이라는 말로도 설명이 모자랍니다.

우리는 누구나 천지부모의 자녀입니다.
내 몸에는 천지창조의 비밀이 죄다 새겨져 있으며
내 마음에는 천지인참부모의 심정이 죄다 기록되어 있습니다.

당신 자체가 태초의 신과 함께 한다는 사실을 아십니까.
지금 당신이 말하고, 행동하는 모든 것이 바로
지금껏 세상에 없었던 최초최후의 사건입니다.

당신의 태어남은 존재가 아니라
지금도 여전히 되어가고 있는 과정 그 자체, 전체입니다.
당신을 존재의 한 조각이라고 생각하는 것은 오류입니다.

메시아는 힘이 없기 때문에

메시아는 힘이 없기 때문에,
힘이 없기 때문에 메시아입니다.
메시아는 왜 십자가에 못 박혔을까요.

사람들은 메시아를 힘이 있기 때문에
메시아라고 믿을 것이지만
메시아는 힘이 없습니다.

힘 있는 자가 메시아였다면
메시아는 세계를 정복했을 겁니다.
메시아는 정복이 아니라 함께 하는 자입니다.

힘은 여러분에게 있습니다.
여러분이 죽고 살고 하는 것도
여러분에게 달려 있습니다.

하나님은 아무 일도 할 수 없습니다.
하나님은 모든 일들을 여러분에게 맡겼습니다.
이제 여러분이 세상의 주인이 될 길밖에 없습니다.

평화가 전지전능에서 이루어질까요.
평화를 주장한다고 평화가 이루어질까요.
평화는 모든 힘을 내려놓는 데서 이루어집니다.

하나님은 아무 것도 가진 게 없습니다.
여러분이 은혜를 베풀지 않으면
먹을 것도, 입을 것도, 집도 없는 세상 거지입니다.

하나님은 주인이 아닙니다.
하나님은 여러분의 노예입니다.
그래서 해방의 날을 손꼽아 기다리고 있습니다.

여러분이 하나님을 기다리고 있는 것이 아니라
도리어 하나님이 여러분을 기다리고 있습니다.
하나님은 아무 것도 아닌 미천한 존재입니다.

하나님은 여러분을 손꼽아 기다리고 있습니다.
하나님은 여러분의 부모처럼 한없이 기다리고 있습니다.
여러분이 하나님이 될 때 하나님이 있게 되는 이유입니다.

여러분이 참사랑, 참부모가 될 때
하나님은 영원히 살아있는 하늘부모가 됩니다.
우리 모두는 처음의 하나님이 아니라 끝의 하나님입니다.

🌙 '하나님'이라는 말에 대하여

하나님은 하나로 늘 함께 있는 님입니다.
하나님이든, 하느님이든, 하늘님이든
그게 무슨 상관입니까.

하나님은 하나의 말씀으로 울리는 님입니다.
한울님이라 할 수도 있고,
옛한글 아래아 자로 한올님이라 할 수도 있습니다.

하나님은 생명(알)을 불어넣은 님입니다.
하나님은 하나의 태양(알) 같은 님입니다.
하나님은 님의 근원인 임금입니다.

원인과 결과의 하나님 중 어느 쪽이 더 중요합니까.
지금, 여기가 중요함으로, 소급할 필요가 없음으로
나와 함께 있음으로, 결과의 하나님이 더 중요합니다.

하나님은 왜 '하나남'이 아닐까요.
'하나남'은 하나의 '남'을 말합니다.
남은 우리말로 타인과 사물을 말합니다.

하나님이 남이 아니라면 나가 되겠지요.

기도와 대화를 하자면 짐짓 남이 되어야 합니다.

하나님은 남이면서 나인 하나님입니다.

하나님주의(Godism)에 대하여

하나님은 본래 우리말이다.
하나님을 여호와를 대신해 씀으로써
기독교가 이 땅에 자리매김을 하였으니
이제 하나님을 돌려받을 때가 되었다.

여호와를 포함해서
우리 하나님을 되돌려 받은 것이 하나님주의이다.
하나님은 예루살렘에 있는 것이 아니라
하나님을 체득한 자에게 있는 것이다.

기독교에서 불교로, 불교에서 유교로
유교에서 선도로 원시반본(原始反本)하였으니
인류문명이 본래의 자리로 돌아오게 되었다.
유불선기독교가 하나 되니 초종교초국가이다,

성부성자성신의 이름으로 아멘(Amen)
귀의(歸依) 불법승(佛法僧)
하늘부모천지부모천지인참부모의 이름으로 아주
나의 이름으로 아주(我住)

인류문명의 시작은 파미르고원 마고성(麻姑城)
산(山)은 하늘에 가장 가까운, 신선(神仙)이 사는 곳
산에서 내려와 강을 중심으로 도시를 만든 고대문명
1만년 인류문명이 이제 신기원을 맞이할 때가 되었다.

기독교 제조신(製造神)과 선도 조화신(造化神)이 하나 되니
문명은 성스러움을 회복하고, 평화의 신선시대로 나아가네.
모든 종교들이 하나가 되고, 초종교초국가를 이루니
모든 신과 부처가 하나 되어 평화와 열락을 꿈꾸게 되네.

아버지가 생존해 있을 때는 그 뜻을 보고(父在觀其志)
아버지가 돌아가셨을 때는 그 행동을 보라(父沒觀其行).
바로 메시아사상과 종족메시아사상, 부처와 보살사상이다.
행하여야 실천하고 실천하여야 세상에 이루어지는 것이다.

하나보다 하나 되는 하나님이 본래하나님이다.
유불선기독교는 천지인삼재사상과 하나가 되어야 하네.
하나님은 생성과 존재를 하나로 지니고 있는 거룩한 분
오! 신불(神佛)이 함께 평화(平和)와 복락(復樂)을 선물하리.

하나가 되는 것이 하나님이고,
하나가 되는 것이 정의이고,
하나가 되는 것이 도의이고,
하나가 되는 것이 돌아가는 것이다.

🌙 여성과 어머니에 대하여

여성은 자연, 신체, 존재
여성의 신비는 남성의 본능을 눈뜨게 함
남성의 눈, 뇌는 여성의 신비를 신으로 본다.
남성의 구원은 여성, 남성을 낳은 자는 어머니

여성은 신비, 신, 종교
여성은 진정한 신체적 존재
어머니는 신체적 존재의 상속자
아버지는 문명과 국가의 상속자

여성이 아이를 낳지 않으면 문명은 망한다.
문명의 가장 근본은 아이들
어머니는 생산과 양육을 통해
신체를 기르고 모국어와 문명을 전수한다.

나의 유일한 하늘, 어머니가 없으면 나는 없다.
어머니가 없으면 가정이 없다.
어머니가 없으면 나라도 없다.
어머니가 없으면 나도 없다.

🌙 불안과 죽음, 부활

혼자인 나를 느낄 때
어디선가 불안이 다가오네.
세계에 던져진 나를 깨달을 때
불안은 더욱 거세게 다가오네.
갑자기 죽음을 떠올릴 때
불안은 공포의 마녀로 돌변하네.

사는 데 길들여진 나는
죽음을 미지의 어두움으로 느끼네.
자연은 사계절로 돌아가는데
사람은 생로병사로 해석되네.
사후세계에 대한 안전을 보장받고 싶네.
종교적 인간이 탄생하는 순간이네.

죽음은 자연의 순리인데도
죽음을 피하고 싶은 인간심리
자연이 아니고 싶은 인간심리
인간은 죽음을 선구(先驅)하는 존재
세계는 유한인가, 무한인가, 알 수 없네.
영혼과 신이 탄생하는 순간이네.

세계에 던져진 존재가 아니라
어머니의 몸으로부터 탄생한 뒤
젖을 먹고 자라나서, 말을 배우고
살아갈 수 있는 존재방식을 터득한 인간!
인간은 결코 불안과 죽음의 존재가 아니라
영겁을 돌아가는 부활의 존재인 것을!

하느님 아버지, 천부(天父)를 부르는 인간
지구 어머니, 지모(地母)를 부르는 인간
하늘부모, 천지부모를 부르는 인간
천지인참부모를 부르는 인간
아버지, 어머니로부터 태어난 인간은
아버지 혹은 어머니, 부모를 부를 수밖에 없다.

'하다'는 하나님의 동사인가

'하다'는 하나님의 동사인가.
어느 날 갑자기 '하다'라는 동사가
하나님처럼 내게 다가 왔다.
왜 하고많은 단어 중에 '하'의 '하다'인가.
하나님의 '하'와 하다의 '하'는 무슨 관계인가.
왜 명사에 '하다'를 붙이면 동사가 되는가.

'하다'는 하나님의 동사인가.
명사를 동사로 바꾸면 세계는 갑자기 움직이고
사물들은 서로 접화(接化)하면서 생성변화한다.
'하다'는 마치 죽은 생명에 숨결을 불어넣는 것과 같다.
'하다'를 통해서 우주만물이 생명력을 과시하게 된다.
'하다'라는 동사는 '하나님'과 뿌리가 같다.

'하다'는 하나님의 동사인가.
하나님의 창조도 '하다'를 붙여야 '창조하다'가 되고
천지창조조차 '하다'가 없이는 실현되지 않네.
'하다'는 모든 동작의 뿌리이다.
'창조하다'는 모든 '하다'의 출발이다.
'삶'을 사는 것도 '하다'의 실천궁행(實踐躬行)이다.

한민족은 움직이는 것을 좋아해서
모든 명사에 '하다'를 붙여서 동사로 만들었다.
한민족은 기운생동과 신명이 좋아서
신(神)과 노는 풍류도(風流道)를 좋아했다
역동적인 세계를 천지인(天地人)으로
역동적인 세계를 삼태극(三太極)으로 표현했다.

삶(살다)의 진정한 의미는 '스스로 함'
한민족의 '한'은 '하나'로, '하나님'로 통하고
모든 실천은 '하다' 동사로 통한다.
하늘 아래 모든 것이 '하는' 것으로 가득하다.
명사의 세계는 동사의 세계로 반전한다.
하나님 아래 모든 것이 '함'으로써 생멸한다.

생멸이 하나 되어야 하나님이네.
파동이 하나 되어야 하나님이네.
음양이 하나 되어야 하나님이네.
천지인이 하나 되어야 하나님이네.
플러스마이너스 전기전파가 하나 되어야 하나님이네.
천지가 기운생동으로 혼천(渾天)하여야 하나님이네.

우리는 하나님 아래 한 가족(One Family under God)
미물(微物)에서 하나님에 이르기까지 우리는 하나(The One)

우리는 함께 살아야 하는 천주가족(天宙家族)

공생(共生) 공영(共榮) 공의(共義)을 실천해야 하는 한 가족

하늘부모님성회(Heavenly Parents Holy Community)

둘로, 셋으로 나누어진 모든 것은 하나로 돌아가야 하네.

성모(聖母), 어머니

여인이여, 모든 여인이여!
그대는 아이를 낳는 순간, 성모(聖母)가 되네.
그대가 신이라는 사실을 확인하는 순간,
그 놀라움, 그 기쁨, 그 충만함
그것이 바로 신이라네.

아이를 낳는 순간
헌신(獻身)과 봉사(奉事)의 나날을 결심하네.
목숨 걸 일이 생긴 용감한 군사가 되네.
당신의 품에서 인자(人子)를 보는 순간,
마리아가 되고, 보살이 되네.

신을 믿는 자가 없으면 신이 없네.
부처를 믿는 자가 없으면 부처가 없네.
오로지 믿음으로써 있게 되는 존재여!
우리는 볼 수 없고,
우리는 알 수 없는 존재를 머리에 이고 사네.

남정네여. 모든 남정네여!
그대는 생식을 위한 촉매 같은 존재

모든 여인의 생식은 무염생식(無染生殖)
태초로부터 끊어진 적이 없는 성스러운 창조
그것이 바로 신이고 부처라네.

모든 남정네여, 가부장을 위해 봉사(奉祀)하지만
그대의 봉사는 죽은 귀신의 봉사라네.
산 생명에 대한 봉사는 결코 아니라네.
그대의 족보는 단절된 가짜투성이라네.
여인들의 족보는 몸에 새겨진 족보라네.

어머니는 이름이 없습니다.
어머니는 소유가 없습니다.
어머니는 기록이 없습니다.
어머니는 생명을 내어줄 따름입니다.
어머니는 흘러가는 구름과 강물, 바다 같습니다.

모든 여인들은 성모라네.
남정네들이 아무리 공부를 하고 지식을 축적해도
남정네들이 아무리 정복을 하고, 국가를 세우더라도
결코 넘볼 수 없는 성역(聖域),
태초에 자연이 선물한 여신(女神)이라네.

신선봉 너머 천원궁
– 천일천원궁 완공을 축하하며

신선봉 돌아들면 메아리치는 소리
세계가 함께 외치는 소리, 아버님, 어머님!

장락산(長樂山) 기슭에 자리 잡은
천원궁(天苑宮), 후천(後天)의 성지(聖地)로다.

로마 바티칸 대성당, 이스탄불 아야 소피아대성당에 이어
대한민국 가평에 세워진 평화의 궁전, 천일천원궁

하나님이 항상 함께 하며
춤추고 노래 부르는 천원(天苑)의 뜰

태초의 하나님이 마지막 하나님이 된
신선이 놀던 땅, 메시아가 잠들어있는 땅

"다 이루었다. 다 이루었다."
하늘부모, 천지부모, 천지인참부모

참사랑이여, 이제 울음을 멈추고 영원히 잠드소서.
참사랑이여, 이 지상에서 천상의 노래를 들으소서.

영원히 잠들면서 영원히 꿈꾸소서.
남은 일은 남아있는 자의 몫이외다.

세계는 이제 가부장의 국가연합이 아니라
평화의 어머니의 가정연합, 천주평화연합이외다.

🌙 나와 남, 그리고 님

내(나)가 아닌 사람을 남이라고 합니다.
내가 아닌 사물도 간혹 남이 됩니다.
남 가운데 존경하는 남은 님이라고 합니다.
남 가운데 사모하는 남은 님이리고 합니다.

하나님, 선생님, 부모님, 임금님, 서방님, 마님
주인님, 주인마님, 도련님, 안방마님, 대감마님
남과 님은 같은 뿌리에서 출발하였지만 정반대입니다.
님은 남이지만 주인이 되는 남을 말합니다.

남은 이용의 대상이 될 가능성이 있는 사람입니다.
남은 종이나 머슴이 될 가능성이 있는 사람입니다.
남은 사물 혹은 사물이 될 가능성이 있는 사람입니다.
남과 님은 천지차이입니다. 님이 되는 것이 보람입니다.

메시아의 재림과 완성

한 사나이 대장부는
타인의 욕망을 모두 욕망했다.
타인의 이성을 모두 이성했다.
타인의 신화를 모두 신화했다.

한 사나이 대장부는
예수, 석가, 공자, 소크라테스
4대성인과 다른 성현(聖賢)의 이야기를
자신의 이야기로 재해석했다.

한 사나이 대장부는
능수능란하게 자신의 탄생과
결혼(어린양혼인잔치)과 죽음을 드라마틱하게
세계사적인 이야기로 번안했다.

한 사나이 대장부는
신(神)을 비롯해서 창조와 역사와 인물과 사건마저도
모두 자신과 관련이 있는 역사로 각색하는 데 성공했다.
전지전능한 메시아는 완성되었다.

한 사나이 대장부는 탕감의 역사를 통해
악마에게도 축복을 줌으로써 선악을 없애버리고
여성과 사탄과 사물을 해방함으로써 모든 존재를
원죄와 고통과 불안과 무지의 역사에서 깨어나게 했다.

한 사나이 대장부는
예수, 부처, 공자, 소크라테스를 축복했다.
메시아를 완성시키는 동시에 그 권능을 인간에게 돌려주었다.
그는 죽음을 안식(安息)이 아니라 성화(聖和)라고 명명했다.

한 사나이 대장부는
최후의 성인(聖人)·성현(聖賢)이 되었다.
그의 본원으로 돌아감을 성화라고 명명하고
제자들의 돌아감도 성화식이라고 부르도록 허용했다.

누가 내 이름을 부릅니까

누가 내 이름을 부릅니까.
깜깜한 오밤중에
누가 내 방문을 두드립니까.
꼭두새벽 닭 우는 여명에

실물은 보이지 않게
소리만 들리게 하는 자여!
눈으로 보지 못하게
귀로 듣게만 하는 자여!

상(相)을 보여주지 않고
울림을 느끼게 하는 자여!
태초로부터 울려오는 소리
별빛으로 전해오는 전율이여!

"이제 때가 되었다."
"이제 그 때가 되었다."
나의 이름을 부름으로써
우리 모두의 이름을 함께 부르는 자여!

이름 없는 자여!
흐르는 물 같은 빛과 소리여!
마음이 소리가 되고,
소리가 부덕(婦德)이 되는 어머니!

이름 없는 자여! 그저 어머니로 족한 자여!
다른 거창한 이름이 필요 없는 자여!
만물에 그 이름이 새겨진 어머니!
내 이름을 부끄럽게 하는 어머니!

누가 내 이름을 부릅니까.
누가 이제 일어나라고 하십니까.
마음의 등불을 들고
어둠의 끝자락을 걷으라하십니까.

가족은 너무 아름답습니다

가족은 너무 아름답습니다.
이 세상의 어떤 말보다 아름다운 말
악마도 한 가족이라고 하면
모든 죄와 허물이 눈 녹듯 사라지고 맙니다.
가족은 항상 빛나고 있는 알맹이입니다.
국가와 세계 속에서도

가족은 너무 아름답습니다.
희로애락이 한 데 엉켜 눈물이 뒤범벅이 되어도
지붕 위엔 항상 무지개가 걸려있습니다.
가족을 모르면 어떤 이상도 거짓말이 되고 맙니다.
우리는 모두 아버지, 어머니, 형제, 자매
대한민국은 한 가족, 세계는 한 가족

가족은 소박하지만 어떤 위대함보다 높고
가족은 단순하지만 어떤 이상보다 확실합니다.
하늘과 땅이 가족이 되는 것도
남녀가 아버지어머니가 되는 것도
가족의 신비, 가족 속에 신이 숨어있습니다.
한 가족의 평화는 세계평화의 이정표

아무 준비 없이 만나도 즐겁고
준비가 없기 때문에 더욱 즐겁습니다. 가족은!
여행길에서도 화기애애(和氣靄靄)해 지고
타향은 갑자기 고향으로 바뀝니다.
옛날 옛적부터 하나였던 것을 떠올리게 합니다.
죽어서도 돌아가는 곳이 가족입니다.

참부모가 되는 이치

존재(有)가 자아(自我)를 만나면
소유(所有)가 된다.
소유는 자유(自由)를 낳고,
자유는 주인과 노예를 만든다.

이 세상의 노예는
저 세상의 주인이 되고자 열망한다.
노예의 나라에서 주인이 생기고
그 주인은 세계를 정복한다.

그 주인은 하나님을 아는 자이고,
하나님이 되고자 하는 자이다.
그 하나님이란 바로
인류와 만물의 아버지어머니가 되는 자이다.

하늘을 섬기지 않으면
하나님이 될 수 없다.
그래서 하늘부모님을 섬기는 자가
하나님이 된다.

그 하나님이 바로
천지부모, 천지인참부모이다.
천지가 부모가 되고
그 하나님은 참부모가 된다.

🌙 태초의 소리

어느 날 우연히
길을 가다가 태초의 소리를 들었다.
그 소리는 마치 오래 된 약속처럼
나의 귓전을 때렸다.
모든 사물들의 깊은 곳에서
태초처럼 울리고 있는 그 소리
가장 깊은 용암 속에 숨어 있는 그 소리
가장 먼 폭발 속에 숨어 있는 그 소리
지금 어머니 뱃속에 남아 있는 그 소리

어느 날 우연히
바닷가를 거닐다가 태초의 소리를 들었다.
파도 속에 숨어 숨바꼭질하듯 흐르는 그 소리
나의 심장을 때렸다.
파도를 애무하는 바람 속에
그 때처럼 울리는 있는 그 소리
바다가 생기기 전부터 울렸던 그 소리
하늘이 열리기 전부터 울렸던 그 소리
지금 어머니 가슴 속에 울리는 그 소리

돌에서 들리는 그 소리
나무에서 흐르는 그 소리
그 소리를 듣기 위해 살갗이 귀를 흔들어 깨웠던,
멀리 달아나더라도 잡기 위해 스스로를 세웠던
생명의 소리, 어머니의 자장가
가슴으로 흔들어 깨우는 소리
새들이 노래하기 전부터 노래했던 그 소리
어떤 연주자도 없이 스스로 울리는 그 소리
스스로 흥에 겨운 악기처럼 울리는 그 소리

산들은 왜 언덕을 세웠는가.
검은 계곡을 헤집는 그 소리
폭포들은 왜 높은 곳에 자리하는가.
하얀 폭백(暴白)을 세우는 그 소리
꽃들은 왜 스스로 설레는가.
암술과 수술을 천연덕스럽게 드러내고
사랑을 불태우는 향연의 소리
출몰하는 빛 사이사이의 현란함이여!
빛들은 왜 제 몸을 실어 나르는가.

그리움으로, 기다림으로

우리를 살게 하는 힘은 무엇인가.
인생의 막다른 여정에서 느끼는 것은
그리움으로, 기다림으로.
그리움으로 하늘을 목말라하고
기다림으로 묵묵히 길을 걸어간 간 세월

나이를 먹으면서 갑자기 보고 싶은
어머니, 아버지
그리움은 어머니가 변한 그 무엇
기다림은 아버지가 변한 그 무엇
나는 철들지 않는 아이

우린 아버지, 어머니의 아들딸
우린 아들딸의 아버지, 어머니
나는 누구의 그리움이 된 적이 있었던가.
나는 누구의 기다림이 된 적이 있었던가.
나도 모르는 사이에.

그리움과 기다림으로 살아온 세월
두 기둥 사이를 오가면서

때론 힘을 얻고, 때론 힘을 잃은 적도 있지만
인생은 아버지와 어머니라는 바통을 물려준,
결국 그리움과 기다림의 혼성계주게임

사랑함으로 슬픈 이유는

사랑함으로 슬픈 이유는 무엇인가.
사랑이 넘치면 저절로 슬퍼지는 것인가.
사랑이 넘칠 때 이별을 미리 눈치 채는 것인가.

때때로 그대 앞에서 눈을 감는 이유는 무엇인가.
세상이 온통 보랏빛으로 물들 때
하나로 물드는 세상은 신기루를 눈치 채는 것인가.

사랑함으로 슬프기보다는
슬픔으로부터 사랑에 도달하는 자비(慈悲)는 어떤가.
사랑하는 그대여!

너와 나를 잃어버리는 것이 어떤가.
본래하나였던 우리를 느끼는 게 어떤가.
사랑하지 않아도 사랑하는 우리를 느끼는 게….

장락(長樂) 성지(聖地)

청평 호반을 돌다 어리실에서 보면
확 트인 호반에 우뚝 솟은 삼각봉우리
멀리 장락(長樂)산맥이 하늘과 맞닿았고
아래는 사자가 웅크리고 있는 형상

용이 여의주를 물고 또아리를 틀고 있는
장락산 서쪽 자락, 서기가 서려있다.
장락산을 병산으로 하고 청평호수를 내려다보는
천혜의 성지, 숨어있는 성지여!

왕이 태어날 왕터산에 이르는 길마다
버드나무, 느티나무에 핀 안개꽃 몽환
미사리고개에서 홍천강을 내려다보면
강은 마치 하늘을 흐르는 것 같다.

가평군의 산세와 물줄기를 보라.
북쪽으로 화악 진산의 광주산맥이 뻗어있고
서쪽으로는 주금산, 축령산, 천마산이 이어진다.
가평천, 조종천의 지류들이 북한강으로 몰린다.

남쪽으로는 중미산, 화야산, 장락산이
용문산으로 이어지고, 용이 장락에 머문
장락산 설악면 일대, 미래 운의 핵심이여!
누가 정통이고 누가 이단인가. 누가 성자인가!

(2007년 8월 15일)

청평 호반에 한 잔의 차를

그대 고운 손으로 한 잔의 차를 올려라.
저 푸르디 루픈 하늘에
바람은 설레지만, 우린 떠도는 일엽편주(一葉片舟)
흘러가는 구름 사이로 반짝이는 님
이 순간 홀로 죽어도 그대는 좋은가.
차향은 영겁의 옷깃 되어
용화(龍華)세계 스치운다.

그대 하얀 손으로 한 잔의 차를 올려라.
저 숲 그림자 짙은 초록 호반에
물결은 찰랑대지만, 우린 넘치는 일잔영다(一盞盈茶)
수평선 너머에서 손짓하는 님
이 순간 홀로 섬이 되어도 그대는 좋은가.
마음은 이미 큰 바다 되어
반야선(般若船)을 띄운다.

(2008년 7월 27일)

🌙 차 한 잔의 정

한 잔의 차를 홀로 마셔도
정 情 精 瀞 正
벗과 더불어 둘러 마셔도
정 情 精 瀞 正

새벽 우물에서
목욕재계 정화수 길러
빌고 빌던 할머니 생각나
정 情 精 瀞 正

정화수 한그릇 받쳐들고
정 情 精 瀞 正
세상을 온통 두루 마셔도
정 情 精 瀞 正

어머니 정 못내 그리워
정 情 精 瀞 正
자신 自身 自信 自新 自神 되뇌며
정 情 精 瀞 正

🌙 한민족의 님, 우리 님

님은 한민족의 독특한 말
해님, 달님, 별님, 우리 님
삼라만상에 님 자를 붙이는 한민족
만물만신의 한민족
님은 한민족의 고향

어디서나 기도를 하는 한민족
님 자만 붙이면 우리 님
신이 내리고, 성령이 강림하는
그래서 울다가 춤추는 민족
그것(It)이 그대(You)가 되는 민족

님 중에서 님은 하나님
나의 모든 자유 안에서
모든 기도를 들어주시는 절대존재
내가 당신의 종이듯
나의 종이 되는 사물당신들

님을 노래한 옛 시인은
가냘프게 떨어지는 오동잎

별이 총총한 고요한 밤하늘
작은 시냇물 흐르는 소리
어디서나 님을 보았다네.

님 자만 붙이면
고귀한 옥황상제가 되는 사물들
그것, 거시기(渠)는 당신
하나님은 처음부터 하나인 하나님
하나님은 끝에서 하나 되는 하나님

독생녀, 실체성령

어머니가 나를 낳으셨으니 내가 여기에 있도다.
어머니를 그리워하면 영생(永生)에 이르게 되리.

어머니의 어머니, 독생녀 실체성령, 참어머니
스스로 기다리고 기다린 끝에 실체가 되셨네.

6천년을 인고한 끝에 몸으로 원리원본을 실현했네.
여성해방, 사탄해방, 사물해방의 환희여! 열반이여!

원죄의 족쇄에서 풀려나 신기원절을 맞은 세계여!
고통의 연옥에서 풀려나 영생영락을 맞은 세계여!

어머니를 모르면 어떻게 생명을 알았다고 하리.
어머니를 모르면 무엇을 알았다고 감히 말하리.

두 생명나무, 선악나무에서 생명나무로 나아간 실체성령하나님!
수만 년 전 평화를 누렸던 마고(麻姑)신의 현현이여! 부활이여!

태고(太姑) 실체현현, 인류는 평화의 세계로 나아가리.
후천개벽! 지천(地天)의 세계여! 신기원을 이루었도다.

저 하늘에는 독생자, 천일국진성덕황제
이 땅위에는 독생녀, 천일국생명의나무

하늘부모, 천하대장군(天下大將軍)이 완성되었도다.
천지부모, 지하여장군(地下女將軍)이 완성되었도다.

새 마고성(麻姑城), 제 5유엔

에덴동산의 원조, 파미르고원 마고성이여!
그 때 인류는 참으로 평화롭게 살았도다.

마고성에서 오대양육대주로 흩어졌던 인류는
서로 다른 말을 사용하면서 바벨탑에 갇혔다.

서로 다른 인종으로, 서로 다른 종교를 섬기면서
저마다 자신의 진리가 옳다고 주장하고 정복했네.

어머니의 시대에서 아버지의 시대로 나아간 인류는
생명의 원천을 잃어버리고, 도로 생명을 짓밟았네.

선천시대가 지나고 지금은 후천개벽, 지천용화(龍華)시대
생명을 안고, 인고(忍苦)를 살아온 여성이 다시 일어났네.

파미르고원 마고성이 이제 한반도 DMZ에 들어서게 되리.
다섯 강이 만나서 다섯 번째 유엔이 되는 제 5 평화유엔!

새로운 맨해튼, 파주 만해탄(萬海灘) 장단반도여!
인류의 죽느냐, 사느냐가 너, 한반도에 달려있네.

용이 여의주를 물고 금(金)거북을 올라타 승천(昇天)하니
인류의 새 선경(仙境), 제 5 평화궁전이 들어설 자리로다.

평화의 어머니, 참어머니

초판인쇄 2024년 1월 5일 **초판발행** 2024년 1월 10일

지은이 **박정진**
펴낸이 **이혜숙**   펴낸곳 **신세림출판사**
등록일 **1991년 12월 24일 제2-1298호**

04559 서울특별시 중구 퇴계로49길 14,
      충무로엘크루메트로시티2차 1동 720호
전화 **02-2264-1972**   팩스 **02-2264-1973**
E-mail : shinselim72@hanmail.net
      shinselim@naver.com

정가 **25,000원**

ISBN **978-89-5800-270-3, 03810**